「ユリア……」

アウリールは魔法を発動。
しかしその魔法は、見覚えのあるものだった。

「黄昏刀剣（トワイライトブレード）。その力は、
あなただけのものでは
ありませんよ」

今日は朝から、
作戦についてのミーティングが行われる。
続々とSランク対魔師たちが到着する。

追放された落ちこぼれ、
辺境で生き抜いて
Sランク対魔師に成り上がる6

御子柴奈々

HJ文庫
1044

口絵・本文イラスト　岩本ゼロゴ

目次

プロローグ　黄昏の深奥

黄昏の奥深く。
人間側から定義すれば、黄昏危険区域レベル5である。
そこには巨大な洞窟があり、中からは大量の黄昏の毒素が溢れ出している。
その中に、ある人影のようなものが見えた。
七魔征皇が一人——アウリール。
彼がどうして、この場所にやってくるのか。
その理由はただ一つしかなかった。
「ふむ。ちゃんと機能しているようですね」
彼の目の前には、何か大きな存在があった。
いや、巨大な肉の塊と言った方が正しいかもしれない。
微かに蠢いているそれは、明らかにまだ生きているようだった。
ただし、生きているが意志を示せるようには思えなかった。

「これで、と」

アウリールはその巨大な塊に手をかざす。

すると、彼の魔力がその塊に移っていき、黄昏の毒素をさらに振りまいていく。

そう。

この場所こそが、黄昏の根源そのものなのだ。

決して人間が侵入できるはずのない領域。

ただし、何ごとにも——例外というものが存在する。

「ユリア・カーティス。彼ならば——」

アウリールは決して、ユリアのことを過小評価していなかった。

七魔征皇の中には、人間など取るに足らない存在であると一蹴している者もいるが、アウリールは正確にその力を測っていた。

人間の中でも、圧倒的な適応力を持つユリア。

サイラスとの戦いに勝利し、今や人類最強はユリアなのは自明だろう。

すでにアウリールは、そこまで考えていた。

もちろん、遠くない未来にユリアと戦うということは、彼の計画の中に組み込まれていた。

「あぁ……本当に、本当に退屈な百五十年だった」

人魔大戦。

あの激しい人間と魔族の戦いから、百五十年が経過した。

アウリールはあの戦いの生き残りの一人であった。

人間との戦いを経て、彼はある教訓を得た。

そしてその教訓は、現在まで続いている。

「やはり、人間を舐めてはいけない」

そう。

彼だけではなく、魔族は基本的に人間という生物を軽んじている。

肉体性能も、魔法に適応する能力も、知性だって魔族には劣っている。

中でも肉体性能という一点においては、人間と魔族ではかなりの隔たりがあることは自明である。

しかしそれでも、人魔大戦で魔族側が勝利することはなかった。

決着は完全についたわけではなく、痛み分けで終わることになった。

いや、厳密に言えば――。

「こちらのほうが不利、というのは依然として変わることはないでしょう」

アウリールはボソリと声を漏らす。

結界都市。

人類側が生み出したあの結界に守られている都市は、魔族側からして厄介なものに他ならない。

アウリールの計画で言えば、もうすでに戦いは終わっている予定だった。

あの時、第一結界都市への襲撃を成功させた時点で。

しかし、襲撃はユリアの手によって阻まれた。

全ては彼を中心にして回っている。

アウリールはそのことを誰よりも自覚していた。

ただそんなユリアに対して、普通ならば強い憎しみを覚えようものだが――アウリールは別の感情を持っていた。

「あぁ。早く彼と戦いたい。この退屈を終わらせてくれるのは、彼しかいないのだから」

サイフスの件を経て、互いに情報は獲得した。七魔征皇側も、人類側も同様に。

この旧態依然とした状況は、ついに本当の意味で大きく動き始めることになる。

「さて、生き残るのはどちらでしょうか」

薄い笑みを浮かべるアウリールは、心なしかこの状況を楽しんでいるようだった。

たとえ自分達が敗北する可能性があったとしても、彼はこの状況を楽しむだけの余裕を持っていたのだ。

「さぁ、まだまだ動いてくださいよ。我が王よ」

再び、そっと巨大な肉塊に触れる。

それは成れの果て。もう決して自分の意志で動くことはない、黄昏を排出するだけの機械のようなものであった。

溢れ出す黄昏の毒は、今日も世界を照らす――。

第一章　悼(いた)みとその先

サイラスさんによる襲撃が行われてから数週間が経過した。

僕(ぼく)はあれから、休暇(きゅうか)をもらっている。

黄昏に対して大きく動こうにも、今は内政を整えるべきだと上は判断したらしい。

僕に対しても色々と調査は入ったけれど、ただ淡々(たんたん)と答えるだけだった。

僕は人類を救った英雄(えいゆう)とされている。

サイラスさんの件は公にはされていないが、その真実を知っている人間にはそう見えるとか。

けれど、それを手放しで喜ぶことはできない。

サイラスさんのしたことは、確かに許してはいけない。

それは間違(まちが)いないけれど、やはり——彼の人生に対して何も思わないわけではない。

仮に僕がサイラスさんのような状況になったのなら、僕はどうするのだろう。

そんなことを漠然(ばくぜん)と考えてしまう日々が続いた。

「はい。分かりました」

僕はリアーヌ王女に呼び出されたので、すぐに彼女のもとに向かった。

おそらくは今後のことについてだろう。

サイラスさんの件はあったけれど、黄昏に対して動かないわけにはいかない。

今となっては駐屯基地はしっかりと機能し、さらに黄昏の奥へと進もうという話もあると聞く。

ここで立ち止まってはいられない。

軍の作戦司令部にやってくると、僕はドアをノックした。

「ユリア・カーティスです」

「どうぞ」

「失礼します」

中に入ると、そこにはリアーヌ王女とベルさんがいた。

リアーヌ王女は着席していて、その隣にはベルさんが護衛として付き添っている形だ。

幾度となくこの光景を見てきたが、今はなぜだかホッとしている自分がいる。

いつもの日常に戻ってきた感覚を覚えるからだろうか。

「どうぞ、座ってください」

着席を促されるので、僕はリアーヌ王女の対面に座る。

「体調はどうですか？」

「問題ありません」

「確かに、顔色もいいですね」

「休暇をもらえたので」

「……そうですね」

リアーヌ王女としても、何か思うところはあったのだろう。

しかし、僕に対して追及してくることはなかった。

僕はどんな理由があるとしても、サイラスさんを殺した。

そして、リアーヌ王女も手を貸してくれた。

共犯、というのは言い過ぎかもしれないが、互いの心に傷が残っているのは間違いない。

でも僕は、ここで立ち止まるわけにはいかない。

今まで死んでいった仲間のためにも、そしてサイラスさんのためにも。

「では、本題に入りましょう。良い話と悪い話、どちらから聞きたいですか？」

リアーヌ王女はそう言ってきた。

「はい」

自分が今まで読んできた小説などでも、同じようなやりとりを見たことはあるが、まさか自分が言われる日が来るとは。

僕は少しだけ思案して、こう答えた。

「では、良い話からで」

「分かりました。では、こちらをどうぞ」

リアーヌ王女は紙の束を僕に渡してきた。

「これは？」

「レポートです。軍の方では、サイラスレポートと呼んでいます。最高機密になりますので、丁重に扱ってください」

「はい」

サイラスレポート？

名前の通りならば、サイラスさんに関するレポートだろうか？

それとも、サイラスさんがまとめたレポートだろうか。

「これはサイラスの自宅を調査して発見したものです。まぁ、コピーにはなりますが」

「ということは、これをサイラスさんが残したと？」

「ええ。内容は見て貰えばわかると思います」

僕はサッと内容に目を通す。

初めは、人類に対してどうやって粛清を実行するのか。

彼の計画が書かれているものだと思っていたけど……。

「これは……」

「はい。黄昏に関する情報、それに七魔征皇の情報も載っています」

「サイラスさんの事情は知っていますが、まるでこれは」

「ええ。人類のために残していた。そう考えて、間違いないでしょう」

「……」

サイラスさんは人類を粛清すると言っていた。

善良な人間だけを選別し、悪と判断された人間は断罪される。

そんな暗黒郷を許容することはできないが、そうか。

サイラスさんは人類全てを憎んでいたわけではない。

むしろ、人類のことを誰よりも考え、愛していたと言ってもいいのかもしれない。

その愛憎によって生まれたのが、あの蛮行だと考えるとやはり悲しい気持ちになってしまうけれど。

「黄昏危険区域レベル4より先の地形、そして七魔征皇のメンバーなど。これから先、私

たちに必要になるものがこのレポートにはあります」

「ですね」

「ユリアさん。しっかりと読み込んでください」

「分かりました」

僕はとりあえず、レポートから顔をあげてリアーヌ王女と向き合う。

「実はまだこれは全てではなく、現在は更（さら）なる精査も入っています。人間の言語ではないものもあったので」

「魔族が使用している言語、とかでしょうか？」

「おそらくはそうでしょう。魔族の言語体系は不明ですが、古代に使用されていた言語に文法などは似通っているそうです。文の構造なども酷似（こくじ）しているので、読み解くのは時間の問題らしいです」

「そうですか。それはよかったです」

サイフスさんの襲撃を経て、僕らは大きな傷を負ったけど、それだけで終わることはない。

まだ、僕らの戦いは続いているからだ。

それにしても、本当にこんな貴重な情報が残っているのは大きい。

これから先の作戦でかなり有用な情報になるだろう。

「それで、悪い話はなんでしょうか？」

僕がそう言うと、リアーヌ王女はすぐに答えてくれた。

「私たちが黄昏や七魔征皇に関する情報を手に入れたのと同様に、あちら側も私たちの情報を手に入れている可能性が高いです。いえ、ほぼ間違いないかと」

「なるほど」

そんな上手い話はない、ということか。

僕らだけが得をするとは思っていなかったけど、相手にも情報が渡っている……。

確かに今までの襲撃などを考えると、内通者がいなければ結界都市が突破されることなんてあり得ない。

内通者はサイラスさんであり、彼は黄昏などの情報を手に入れると同時に、魔族側に人類の情報も流していた。

ある種の等価交換のようなものが成り立っていたのかもしれない。

「ここで厄介になってくるのが、七魔征皇の一人であるアウリールという個体です」

「アウリール……」

その七魔征皇のことは覚えている。

どこか紳士的で常に余裕を持っている七魔征皇。

その風貌からして、かなりの手練れだと思っていたけど、やはりあいつが立ち塞がってくるのか。

「サイラスレポートによると、七魔征皇の長はアウリールであると。その能力などまでは不明ですが、かなり知略に長けていて一筋縄ではいかないそうです」

「僕は少しだけ会話をしたことがありますが、確かに知性はかなり高そうでした」

そこで今まで沈黙していたベルさんが、口を開いた。

「サイラスの評価は間違いっていないと思う。私は、彼ほど知性の高い人間を見たことがない。そんな彼がそう言っているのなら、十分に注意すべきだと」

「そうね。ベルの言う通りだわ」

決してベルさんも、サイラスさんのことを憎んでいるわけではない。

しっかりと彼のことを認めているのだ。

今となってはもう、サイラスさんはいないけれど。

「相手がどれだけの情報を得ているのか不明ですが、十分に注意すべきでしょう。聖域を完全に破られて、結界都市の結界が機能しなくなれば私たちは敗北してしまうのですから」

「はい」

「ただし、ユリアさんには聖域を守ってもらうために結界都市に残る――という任務は下りないでしょう」

「？　そうなのですか」

これまでの話の流れからして、そうなのだと思ったが……。

どうやら違うらしい。

「軍の上層部は、保守派と革新派に分かれている。その話は知っていますね？」

「そうですね。一応、呼び出されたこともありますので」

正直なところ、あまり良い印象は持っていない。

この黄昏という現状に、人類一丸となって立ち向かうべきである。

その考えは、僕は間違っていないと思う。

ただし、人間の中には権力争いに支配されている者もいる。

結界都市はもともと、さまざまな国が集まってできた連合国。

その名残なのか、上層部は対立してしまっているのが現状。

一丸となって黄昏と戦っているとは、思えない。

「実はサイラスの件を経て、上層部の人間が入れ替わることになりました。以前これはお伝えしましたが、上だけではなく下の方でも色々と調整が入るそうです」

「え……それは、なんというか。思い切ったことをしますね」

「内側で揉めているだけでは、この黄昏には打ち勝てない。それに、サイラスを生み出した責任を取る意味合いもあります。サイラスレポートの中には、軍に対する強烈な批判が残されていましたから」

「そうですか……」

強烈な批判、か。

サイラスさんのしてきたことは、許してはいけない。

でも、彼の行動によって人類はより良い方向に進んでいる。

皮肉なことではあるが、僕らはそれを受け入れないといけない。

「ということは、指揮系統などにも変化が？」

「いえ。そこまでは変化はありません。ただ、今まで以上に作戦にはリソースを割くことができます。より自由になっていくだろうと考えてもらって大丈夫です」

「分かりました」

「話を戻しますが、そこでユリアさんには斥候に向かってもらいます。部隊は改めて編成されるでしょうが、ベルも同行するでしょう」

チラッとベルさんの方に視線を向けると、コクリと頷く動作を見せた。

「新しい上層部の判断は、最大戦力は守りではなく攻めに使うということですね。現在、黄昏に駐屯基地があるのは覚えていますよね？」

「はい。その作戦には参加しましたので」

「新しい作戦は、斥候による黄昏の調査と、新しい駐屯基地の設立になります。場所は黄昏危険区域レベル３」

「レベル３……ついに、そこまで行くのですか」

「ええ。ここで立ち止まっているわけにはいきませんから。おそらく、従来の上層部の判断だと、新しい駐屯基地設立への資金は出ることはあり得ませんでしたが」

なるほど。

人類側も大きく変わりつつあるということか。

今までの旧態依然とした内政。それに加えて、裏切り者が人類側にいるという猜疑心。

その全てが取り払われた結果が、今ということか。

僕は確かな手応えのようなものを覚えていた。

もしかしたら、僕らの代で青空にたどり着くことができるかもしれない。

決してもう、夢物語ではないのだ。

「詳細は、後日伝えられると思います。では、本日は以上になります。休暇中にわざわざありがとうございました」

「こちらこそ、ありがとうございます。それでは、自分はこれで……」

と言いかけた時だった。

リアーヌ王女が急に大きな声を発した。

「あ、あのっ！」

「どうかしましたか？」

「その……この後はお暇でしょうか？」

「そうですね。特に予定はありません」

「それでしたら、その。実は新しいお菓子の試食をしてもらえませんか？」

少しだけ緊張した様子かつ、上目遣いでリアーヌ王女はそう提案してきた。

まぁ、特に予定もないし、いいか。

それにリアーヌ王女のお菓子はどれも美味しい。

行かない理由は、逆にないだろう。

「構いませんよ」

「やった！　では、行きましょうか！」

「はい」

とても嬉しそうな様子である。

そんなに新作のお菓子が美味しいのだろうか。

僕も流石に気になってきたな。

「リアーヌ様」

「あら。どうかしたの、ベル」

「私は少し寄っていきたいところがありますので」

「分かったわ。ベルは逆にいつも私にべったりだから、たまには羽を伸ばしてきて」

「ありがとうございます」

淡々とやりとりをして、ベルさんは先に部屋を後にした。

ベルさんはいつもと変わらない。

とても冷静沈着な人であるが、どこか悲しそうな顔をしていたような……そんな気がした。

そうして僕とリアーヌ王女は、一緒にこの場を後にするのだった。

◇

ベルティーナ・ライト。
人類最強の剣士であり、サイラスと同格の最強の対魔師と言われている。
しかし、もうサイラスはいない。
代わりに現在はユリアが台頭して来ている。
サイラスを倒した彼は、もう人類最強と言っていいだろう。
ベルはそう判断していた。
何が起こったのか分からないが、ユリアは更なる強さを手に入れた。
言うならば、別次元の強さ。
先ほどユリアを見たベルは、そう感じた。
人類は新しい情報を手に入れたし、戦力も大幅に落ちてはいない。
むしろ軍の再編成によって更なる戦力になるかもしれない。
そんなことを考えながら、ベルはある場所にたどり着いた。
「……」
展望台。

この結界都市にあるその場所は、ベルのお気に入りだった。

街を一望することができ、視線の先には黄昏の大地も広がっている。

ベルがたどり着いたと同時に、後ろから足音が聞こえてきた。

「あら。ベルじゃない」

「エイラちゃん……」

やって来たのは、エイラだった。

「ここ、クローディアと良く来たわね」

「うん……」

この場所はベルのお気に入りではあるが、ここを教えてくれたのはクローディアだった。

クローディアは七魔征皇の一人であるアルフレッドの凶刃(きょうじん)によって倒れた。

彼女はサイラスに協力していた。

その事実を知る数少ない二人は、どこか思うところがあるようだった。

「あの七魔征皇は私が殺す」

今までに聞いたことがない、とても冷たい声だった。

チラッとエイラはベルの顔を見る。

何の感情も宿っていないような顔だった。

「そう。そうね、それがいいと思うわ」
アルフレッドはベルの師匠の仇であり、クローディアの仇である。
だからこそ、ベルの言葉に対してエイラは肯定を示す。
心の中で一抹の不安を覚えながら。
今まで幾度となく、復讐に取り憑かれてきた人間をエイラは見てきた。
その末路は決していいものではないことも知っている。
だからこそ、エイラはベルのことをしっかりと見ていないといけない……そう思った。
もうこれ以上、大切な人を失うわけにはいかないから。
「クローディアの最期は、どうだったの？」
「……」
エイラはその時の詳しい状況を知らない。
知っているのは、あくまで報告として上がって来ている内容だけ。
クローディアは七魔征皇の一人に倒された。
そして、それを目撃しているのはベルである。
エイラはこのことを訊くか迷っていたが、尋ねることにした。
彼女もまた、クローディアのことは大切に思っていたからだ。

いつも飄々としていて、エイラのことをからかってくるクローディア。

エイラは思う。

自分が知っていたクローディアは、ただの表面的な部分でしかないのだと。

「そうだね。エイラちゃんには、話しておこうかな」

ベルはいつものように、淡々とした様子であの時の状況を語る。

サイラスに協力し、七魔征皇と共に自分に立ち向かって来たこと。

けれど、クローディアは唐突にその七魔征皇に刺されてしまったこと。

倒れていく最期に、クローディアが残した言葉。

まだ鮮明に覚えている記憶を、ベルはエイラに語った。

「そう。クローディアは確かに裏切っていた。けれどそれは――」

「うん。全てはサイラスに寄り添うためのものだった」

「愛した人がどんな蛮行をしようとも、ついていく。それが愛ってものなの？」

エイラは尋ねる。

彼女はまだ、そんな激烈な愛というものを知らないから。

「さぁ、どうだろうね」

「ベルは経験はないの？」

「う……ま、まぁ。私は大人の女性だから、経験はたくさんある。たくさん……」

「へぇ」

スゥとエイラの目が細くなる。

その視線は明らかに、ベルに対して不信感を覚えてのものだった。

もちろんエイラは、その言葉が本当だとは思っていない。

ベルは強がって、経験豊富だと言っているだけ。

エイラもベルも、サイラスの起こした出来事を認めることはないが、感情として理解はできていた。

最愛の家族を失い、上層部からは道具のように扱われる。

かつて、彼の信じた正義は全て失われていった。

その末に――人類粛清という道を選択(せんたく)した。

同情の余地は、多少なりともあるかもしれない。

ただ、クローディアはどうして協力していたのだろうか。

愛があるのならば、逆に止めるべきではないのだろうか。

愛ゆえに、その人に寄り添う。

クローディアと長い付き合いがあった二人でも、その答えだけは分からなかった。

「でも——」

ベルは言葉を紡ぐ。

先ほどまでとは異なり、真剣な雰囲気だった。

ベルはどこか遠くを見つめるようにして、自分の考えを述べる。

「きっと、愛ってそういうものなんだよ」

風によってベルの長い髪が靡く。

全てを理解したわけではない。

けれどベルは、あの最期のクローディアの姿を見て、何となくそう思った。

論理や理屈より先に、愛は存在しているのだと。

だからベルは、クローディアのことを責めたりしない。

彼女の中でクローディアは親友として残り続けているのだから。

「そうなのかしらね」

「うん。でも、エイラちゃんは少しは分かるんじゃない?」

「?　どうしてよ」

エイラはポカンとした表情になる。

今はそれが分からない、という話をしていたのではないか。

そんなエイラの内心とは裏腹に、ベルは少しだけニヤッと笑みを浮かべた。

それは人の悪そうな笑みだった。

「ユリアくんのこと」

「はっ⁉」

エイラはユリアの名前を聞いて、途端に声を上げる。

顔も赤く染まり、動揺しているのは明らかだった。

「べ、別にユリアとはそんなんじゃないし……！」

「ふふ。そうだね」

「ちょっと！　その顔は何よっ！」

二人はその後も、そんなやりとりを続けるのだった。

それはまるで、仲睦まじい姉妹のようだった。

互いの心に傷は残っている。

確かに残っているけれど、二人とも前に進んでいけるだけの、強い意志は持っていた。

死んでいった仲間を悼み、これからも戦う。

それが対魔師としての使命であることを、誰よりも自覚しているから――。

第二章　覚悟と祈り

早朝。

僕はいつものように目を覚ます。

時刻は朝の六時。

休暇にも慣れて来たので、僕としては若干時間を持て余していた。

おそらく、数日後か一週間以内には新しい作戦が始まる。

リアーヌ王女からの話もあり、僕は今の結界都市の状況はより良いものになっていると信じている。

現在は、サイラスさんの襲撃によって壊された建物など、諸々を含めて第一結界都市の復興は進んでいる。

前回とは異なり、今回はそれほど被害も広がっていないので、復興のペースは速い。

ただし、今まで百五十年もの間、結界都市が襲撃されることなどあり得なかった。

この都市は、人類最後の防衛ラインでもある。

人々はこの結界の絶対性を信じていた。

信仰する人もいるほどだ。

それが、この短期間で何度も結界都市内部にまで襲撃が行われた。

人々の不満が出るのも、無理はない。

そんな不満の声が上がりつつあり、上層部はその対応に追われている。

軍の組織編成に大きな変化はないが、上は変わっている。

それに、サイラスさんもクローディアさんももういない。

まだ、公には発表されていないが、いつかその情報が公開される日も来るかもしれない。

だからこそ、人々を不安にさせないためにも、僕はこれからも強く在りたいと思う。

それが僕にできる最大限のことだから。

「ん?」

コンコン、とドアがノックされる音が響く。

僕は一応、学院の寮の一室で暮らしている。

もっとも、ここ最近はずっと作戦や任務続きだったので、ほとんどこの部屋に戻ってくることはなかったのだが。

そんな僕の部屋に来訪者とは、珍しい。

「ユリアー！　いるー？」

その声はソフィアのものだった。

ソフィアとは王城の前で別れたきりだったが、どうやら無事だったようだ。

一応、死亡者リストに名前はなかったので、心配はしていなかったけど思ったよりも元気そうだった。

「うん。いるよ」

扉を開ける。

するとそこには、ニコニコと笑っているソフィアが立っていた。

「今、お暇だったりする？」

「暇だね。むしろ、持て余している感じかな？」

「やったー！　じゃあ、学院に行かない？」

「学院に？」

現在、対魔学院は休校になっている。

あれだけの襲撃があったのだ。

第一結界都市では、多くの機関がまだ休みになっている。

確か学院が再開するのも、一週間後の予定になっているはずだ。

それなのに、どうして学院に行こうという話になるのだろうか。

「ふっ、ふっ、ふっ。ユリアの考えていること、私にはよーく分かるよ」

「そうなの？」

「うん！　何で休みなのに学院に行くの？　って思ってるでしょ！」

「正解。で、その理由は？」

「ま、歩きながら話そうよ」

ソフィアが先に進んでいくので、僕もそれに続く。

「で、理由なんだけど」

しばらく歩いてから、ソフィアが口を開く。

「うん」

「今は街も復興中でしょう？」

「そうだね」

「それにユリアも、街に出ると声を掛けられる」

「あー。それは確かに、あるかも」

街に出ると声を掛けられる。

ありがたいことに、僕のことを応援してくれる人がいるのは事実だ。

とてもありがたいし、嬉しいと思う。

ただ、最近はその数が……結構なものになっている。

正直、変装などなしでは普通に歩けないほどに。

「だから、休校中の学院だとほとんど人もいないし、ちょうどいいでしょう？」

「それはありがたいけど、許可は取ってるの？」

「もちろん！」

「なるほど」

流石はソフィアだ。

まぁ、でも流石に無許可で学院に行くわけもないか。

「ユリアのために、私たちで何かできないかなーと思ってね」

「私たち？」

「うん。発案はシェリーだよ。でも最近まで入院中だったし、話とかは私が通しておいたんだ」

「そっか」

僕はシェリーと共に、あの激戦を戦い抜いた。

七魔征皇を撃破できたのも、シェリーのおかげだ。

仮にシェリーがいなければ、僕はもっとダメージを負っていただろうし、サイラスさんのもとまで辿(たど)り着けなかったかもしれない。

そして、僕らが学院の校門の前にやってくると、そこにはシェリーが待っていた。

流石に対魔師の制服ではなく、私服を着ていて、右手にはバスケットを抱(かか)えていた。

「やっほ～、シェリー！」

「ソフィアは相変わらず、元気そうね」

「まあね！」

二人はそんなやりとりをし、僕はシェリーのことを少しだけ見つめていた。

あの戦いを経て、シェリーは髪を少しだけ短くした。

元々は激しい戦闘(せんとう)で燃えてしまったからなのだが、気分転換(てんかん)にもちょうどよかったし、とシェリーは言っていた。

「あ……その。ユリアも、元気そうで……」

「あ、うん」

気まずい。

別に何か特別なことがあったわけではない。

いや、手を繋(つな)いだりはしたけど。

シェリーは僕の様子をチラチラと窺っている。

顔も少し赤いし、僕はどうすればいいんだ？

いや、自分でも分かっている。

いつものように会話をすればいいだけ。

いいだけなのに、どうにも理性と感情は別の反応をしてしまう。

「あれ～？　もしかして、何かあった？」

ソフィアが僕らにそう尋ねてくる。

「別に何もないわよ。さ、行きましょう」

「あ、待ってよシェリー！」

スタスタと歩を進めていくシェリーに、それを追いかけるソフィア。

僕は釈然としないまま、学院の中に入っていくのだった。


「うーん。休校中の学院に来れたのはいいけど、どうしよっか」

僕らは何となく学院の中を歩いているけど、特に当てもない。

人が少ない学院というのは、なかなか良いものだが、確かにどうしようか。

そんな時、シェリーがある提案をした。

「図書館とかどう？　ユリアは本、好きでしょう？」

「確かにいいね」

学院の図書館は、この結界都市の中でもかなりの規模である。

本屋で本を買うのも良いけど、確かに図書館で静かに本を読むのも悪くはない。

しかし――。

「でも、ソフィアはいいの？」

僕は知っている。

僕とシェリーは比較的読書を好むけれど、ソフィアはそうではない。

むしろじっとしているのが苦手だと認識している。

「別にいいよ！　む。もしかして、私が落ち着かないから、読書は苦手だと思ってる？」

ソフィアがじっと半眼で、僕のことを見つめてくる。

否定はできないので、僕は沈黙することしかできなかった。

「ユリアを責めないの。だって、事実でしょう？」

そこでシェリーから助け舟が出て、内心ホッとする。

「むー。最近はちょっと私も、頑張ってるんだよ！　さ、行こうよ！」

僕らはそうして、図書館へと向かう。
図書館の中はとても綺麗で、いつも清掃が行き届いている印象である。
それにこの本棚に本がぎっしりと並んでいる光景は、いつ見ても壮観だ。
僕らはそれぞれ、読みたい本を手にとって席に着く。
それから数時間だろうか。
ずっと集中して読書をしていると、スゥスゥという音が耳に入った。
隣をチラッと見ると、そこではソフィアが眠っていた。
それも、とても幸せそうな顔で。
流石に起こすのは悪いかな、と思っていると正面に座っているシェリーと目が合った。
「全く、あの意気込みは何だったのかしら」
「はは。まぁ、いいんじゃない？」
「そうね。何だか、幸せそうだし」
僕らがこうして話をしていても、ソフィアが起きる気配はなかった。
もしかしたら、ソフィアはあまり眠れない日々を送っていたのかもしれない。
ソフィアだって、あの襲撃では最前線で戦っていた。
僕はもう戦うことは慣れているし、自分の命を賭けることも当然になっていた。

本当はそんなことは良くはないし、慣れてはいけないとは思う。

でも人間という生き物は不思議なもので、どんな状況にも適応して、慣れてしまう。

だから、経験の浅いうちは仕方がないと思う。

「ユリア」

「何？」

シェリーが凛とした声で僕の名前を呼ぶ。

「最近はどうしているの？」

「うーん。一応、休暇はもらっているけど、持て余しているから」

「じゃあ、また次の作戦に参加するの？」

「そうだね。そうなると思う」

「……」

暫しの沈黙。

シェリーは何か考えているようだったが、僕は特に追及はしなかった。

「私ね、ユリアが戦ってきた場所を初めて理解したわ」

「うん」

少しだけ遠くを見据えながら、シェリーは話をする。

「あんな場所で生き残ったなんて、普通じゃない」

「でも、誰かがやらないといけない。力がある人間には、責任があると僕は思う」

「……そうね。その通りだわ」

シェリーはいまいち、納得していないようだった。

責任か。

まさか自分から、そんな言葉が自然に出るなんて。

ずっと誰かの力になりたいと思っていた。

でも僕は落ちこぼれで、何もできない。

そんな日々をずっと送ってきた。

それが突然、黄昏危険区域で二年間を過ごし、僕の能力が覚醒した。

黄昏に適応して、黄昏を由来とした魔法を扱えるようになって——Ｓランク対魔師になった。

あの憧れだった存在に、僕は辿り着いた。

でも、それだけではダメだった。

大切なのは、Ｓランク対魔師になることではない。

Ｓランク対魔師として、何をするのか。

それこそが、本当に重要なことだった。

僕は無我夢中で任務をこなしていき、気がつけば遠いところまで辿り着いていた。

だからその経験を経て、僕はやっと自分の責任というものに気がついたのかもしれない。

「ねぇ、ユリア」

シェリーはそっと僕の方に手を伸ばし、僕の手を握る。

「これからも、ユリアと戦ってもいい？」

「それは……」

本当のことを言えば、シェリーには無理をしてほしくはない。

あの七魔征皇との戦いで、シェリーが死んでいた可能性もある。

それが今後も続くとなると、手放しで賛成できるものではなかった。

「ユリアは優しいから、心配してくれてるのは分かる。私もね、色々と考えた。入院している時からずっと、自分の今後について考えてた」

「……シェリー」

そうか。

シェリーもまた、過去の僕と同じように自分の行く末について考えていたのか。

それを分かっているからこそ、僕は彼女の覚悟を否定することはできない。

そう思った。

「先生のようになりたい。でも、なるだけじゃダメだった。その先のこと、自分が何をするべきか。それがやっと、分かった気がする。私はこれからも戦う。その覚悟がやっと固まった気がするの」

「僕から言えることは何もないよ。シェリーが自分で決めて、進むと決めたんだから。僕はその意志を尊重するよ」

「ありがとう」

柔らかい笑みを浮かべる。

普通はあんな経験をすれば、もう戦えなくなってもおかしくはない。

対魔師の中には、魔物との戦闘がトラウマになって心が壊れてしまう人もいる。

決してそれは恥ずべきことではないし、珍しいことでもない。

「ユリア……」

それにしても、気のせいだろうか。

さっきから妙に、シェリーの瞳が潤んでいる気がする。

いや、それだけじゃない。

その……。

雰囲気が大人っぽいというか、妖艶に見えてしまうのは気のせいだろうか。

髪を切って雰囲気が変わったのもあるけど、それとは別に僕は何か別の特殊なものを感じていた。

「じーっ」

と、気がつけば寝ていたはずのソフィアが、目を見開いて僕らのことを見つめていた。

「あ。どうぞ、続けて続けて」

ソフィアはそう言うが、そんなわけにもいかなくて……。

「ちょっと、起きているなら言ってよね！」

「だってー！　そんな雰囲気じゃなかったじゃん！」

「う……」

図星だったのか、シェリーの勢いが衰える。

「でもね、二人とも凄いと思うよ。私も前線で戦っていたけど、二人は王城の中で七魔征皇と戦っていたんでしょう？」

「うん」

「そうね」

ソフィアは途端に真剣な雰囲気になる。

彼女としても、思うところがあるのだろう。

「やっぱ、戦うのは怖いね。怖いけど、私ももっと頑張ろうと思ったよ」

ソフィアはいつものように笑みを浮かべる。

それは強がりなどではなく、心から笑っているように思えた。

僕はいい友人を持つことができた。

改めて、そう思った。

「でも、やっぱりぃ～」

ニヤニヤと笑いながら、ソフィアはシェリーの方を向く。

「やっぱり、何か進展があったんじゃないの～？」

「べ、別に何も無いわよっ！」

「本当にぃ～？」

「ほ、本当よっ！」

「へぇ～」

二人が何の会話をしているのか、僕には分からなかった。

ただこんな日常も悪くはないと、微笑ましい気持ちになった。

◇

「じゃあ、次はあれをやろうよっ！」

「あれ？」

図書館から出ていき、廊下(ろうか)を歩いている時、ソフィアがそう言ってきた。

あれ、とは何だろうか。

「あぁ。もしかして、前に言っていたやつ？」

「うん！」

どうやら、シェリーは心当たりがあるらしい。

「それで、何をするの？」

「ふふふ。かくれんぼだよっ！」

「かくれんぼ？」

僕は少しだけ唖然(あぜん)としてしまう。

かくれんぼといえば、子どもの遊びである。

今更、僕達がかくれんぼをすることに何か意味があるのだろうか。

まぁ、そこまで考えるのは失礼かもしれないが、ともかくソフィアがここまで楽しそうにしている理由は分からなかった。

「あ。ユリア。その顔は、かくれんぼを舐めているね？」

「うーん。ソフィアがそこまで楽しみにしている理由は、ちょっと分からないかな」

「ちっ、ちっ、ちっ。甘い、甘いよ！　砂糖菓子のように甘いよ！　問題は、かくれんぼそのものじゃない！　この場所なんだよっ！」

高らかに宣言する。

かくれんぼそのものではなく、この場所？

僕は辺りを見回してみる。

あぁ。

もしかして、この学院でやるということが重要なのだろうか。

「あぁ、確かに。学院でやるのは、またちょっと違う感じがするかもね」

ソフィアの言う通り、確かに学院でするのは違うかもしれない。

かなり広い上に、普段勉学に励んでいる場所ですする。

その感覚は、多少なりとも理解できるものだった。

「じゃあ、ジャンケンをして鬼を決めよっ！」

「うん」

「そうね」

僕らはジャンケンをして、鬼を決定することに。

「ふふ。私は絶対に、隠れたいから勝つよ！」

僕は正直、どちらでもいい。

隠れる側でも、探す側でも。

今回のジャンケンは、負けたら鬼になる。

ソフィアはかなりやる気があるようだが、僕もシェリーも割とどちらでも良さそうな雰囲気である。

そしてジャンケンの結果は——。

「ガーン!? そんな！ 私が負けるなんてっ！」

そう。

負けたのは、ソフィアだった。

僕とシェリーはパーを出して、ソフィアはグーだった。

あっさりと負けてしまったソフィアは、ぐったりと項垂れていた。

「ま、こんなこともあるよね！　探すのも嫌いじゃないし、まいっか！」

「流石の切り替えの速さね」

「まあね！」

ということで、僕らは早速かくれんぼをすることになった。

ルールは次の通りである。

まず、隠れる時間は五分。

長いと思うが、これくらいがいいとソフィアが言っていた。

また、隠れる範囲は校舎のみ。

図書館や他の施設などには、行ってはならない。

また、一度隠れた場所から移動してはいけない。

それにしても、校舎だけでもかなり広いけど、本当に大丈夫なんだろうか？

ともかく僕は、隠れる場所を探さないといけない。

シェリーとはすでに別れ、僕はどこにしようかと思案するが……まぁ、特に良い場所も思いつかない。

仮にソフィアだったら、もっと良い場所を思いついているのかもしれない。

僕はそして、空き教室の掃除用具入れに隠れることにした。

ちょうど二人は十分に入れるスペースもあるし、ここでいいか。

「よし、と」

あまり音が鳴らないように戸を開けて、中に入る。

「じゃあ、行くよーっ‼」

というソフィアの声が聞こえてくると同時に、なぜか目の前の戸が開いた。

「え？」

「ユリア？」

目の前にいたのは、シェリーだった。

まさか同じ場所になるなんて。

ただ、もうシェリーが他の場所に隠れる時間はない。

「シェリー、もう時間がないから」

「そ、そうねっ……！」

ということで、僕らは同じスペースに隠れることになってしまった。

「……」

「……」


この掃除用具入れは、一人くらいなら余裕を持ったスペースがある。

でも二人になると、途端に狭くなる。

二人が入ること自体、不可能ではない。

ただし、かなり密着することになってしまう。

僕らは互いに、黙っているしかなかった。

「んっ……」

そんな時、シェリーの声が少しだけ漏れる。

微かに衣擦れの音もするが、こればかりは仕方がない。

僕らは向かい合うような形になってしまい、何というか……独特の緊張感を覚えていた。

それに何というか……。

シェリーからとても良い匂いがする。

柑橘系の香りだろうか。

おそらくは香水だろうけど、それが妙に僕には刺激的に思えてしまう。

平常心、平常心。

僕は今、ただの石である。

ここを果たしてソフィアが見つけるのが先か、それとも無事に隠れ切ることができるのだろうか。

「ユリア……ごめんね」

小声でシェリーがそう言った。

「いや、仕方ないよ。これぼかりは」

「う、うん……」

タイミングというか、巡り合わせの問題である。

シェリーに非はないし、僕もどうすることもできなかった。

「……」

再び沈黙。

ただ、この体勢を維持するのはかなりキツい。

僕はまだ我慢できる方だけど、シェリーはどうだろうか。

「シェリー、大丈夫？」

「ん。ちょっと、そのキツいかも」

「僕の方に体重を預けてもいいよ」

「いいの？」
「うん」
僕は自分のこの発言を、後に呪うことになる。
そして、シェリーがゆっくりと僕の方に体重を預けてきたが……その。
胸が当たってしまっているのだ。
そこまで考えていなかった……。
そうか、向き合っているから、そういうことになるのか。
シェリーもまた、顔を赤くしているが、少しは楽になっている様子である。
ここは我慢、我慢だ。
そうだ。
素数を数えよう。
そうすれば、少しは気が紛れるはずだから。
「うーん。どこかな～」
『……！』
ソフィアの声が聞こえてきて、僕とシェリーに緊張が走る。
互いに分かっている。

この状況を見られたら、何て言われるのか、と。

お願いだから見つかって欲しくはない。

その願いとは裏腹に、ついにソフィアはこの空き教室に入ってきてしまった。

「ふんふ～ん。さて、どこかな～？」

室内にガタガタと音が響く。

それから徐々に、ソフィアの足音がこちらにまで近寄ってきた。

シェリーがぎゅっと僕の胸元を握ってくる。

互いにもう、覚悟しないといけない。

「後はここかな！」

バン！　と勢いよくソフィアは掃除用具入れの戸を開けた。

「あれ？　ここかなーと思ったけど、いないのかぁ」

ソフィアはゆっくりと戸を閉じると、すぐに教室から出ていく。

それからしばらくして、僕とシェリーは掃除用具入れから出るのだった。

「はぁ……はぁ……」

「危なかった」

本当は使うつもりはなかったけど、僕は咄嗟に幻影魔法を発動していた。

きっと、ソフィアの視界には誰も入っていない掃除用具入れが映ったはずだ。

こればかりは、仕方がない……と自分に言い聞かせる。

あのまま見つかっていれば、どうなっていたことか。

「あ、えっと。そのユリア、ありがとう……」

シェリーは僕にお礼を言うが、何となく複雑な気分だった。

「え、いや。その……まぁ、ソフィアには何とか誤魔化しておこうかな。ははは……」

乾いた笑いしか出なかった。

否応なく、僕の脳内にはシェリーのいい匂いと柔らかい体がしっかりと刻み込まれてしまった。

それに……。

今まで気にしたことはなかったが、シェリーの胸はそれなりのボリュームがあった。

改めて、彼女は友人ではあるが、同い年の女の子である。

そんな当たり前のことを実感することになった。

「……ユリアのえっち」

僕の思考を読んでいるのか、シェリーは拗ねたようにそう言葉にした。

「あ、あれは……！」

　それから僕は、何を言ったか覚えてないが、一生懸命に言い訳を言ったような気がした。

「えー、二人ともどこにいたの～？」

　タイムオーバーになったので、僕らは最初の場所に集まっていた。

「まぁ、秘密だよ」

「そ、そうね……」

　僕らはそう言うことしかできなかった。

　その後、ちょうど昼になったので、昼食でも食べようという話になった。

「あ、私が今回は作ってきているから、屋上で食べましょう？」

「お！　いいねぇー！　流石はシェリーだね！」

　シェリーはバスケットを持ってきていた。

　予想通りだったけど、どうやら中身は昼食だったようだ。

　僕らは屋上に移動すると、そこにあるベンチに腰掛けて、シェリーの手作りの昼食を取ることにした。

「じゃあ、その。口に合うかは分からないけど」

バスケットを開けると、そこにはサンドイッチが入っていた。

あまりガッツリ昼食を食べる気分でもなかったので、サンドイッチは嬉しかった。

外はカリカリに焼いてあり、中は卵とハム……かな？

ともかく、とても美味しそうなのは間違いなさそうだった。

「おぉ！　めちゃくちゃ美味しそうだね！」

「うん。そうだね」

僕らはそして、シェリーのサンドイッチをいただくことに。

「いただきまーす！」

「いただきます」

僕とソフィアが、パクリとサンドイッチを口にする。

「ん！」

「これは……！」

互いに今の一口で完全に理解した。

普通のサンドイッチではない。

間にはマヨネーズもあり、微かにマスタードのような味もする。

卵は甘く調理してあり、それも絶妙にマッチしている。

一体、シェリーはどれだけの研究を重ねたのか。

そう思うほどには、このサンドイッチの完成度は高いものだった！

「美味しい！　美味しいけど、シェリーってこんなに料理上手だったっけ？」

ソフィアの発言は多少失礼だけど、僕もそう思った。

確か、かなり前にもシェリーの料理を振舞ってもらったことはあるが、ここまでのクオリティではなかった気がする。

「練習したのよ」

「へぇ……あ、もしかして、そういうこと？」

ニヤニヤとソフィアが笑いながら、シェリーを見つめる。

「相変わらず、勘が鋭いわね……」

「ふふん！　まぁ、私だからね！　でもいいことだと思うよ」

「そう？」

「うん」

二人の会話に僕が入る余地はないので、サンドイッチを頬張る。

うん。

本当に美味しい。

　やはり食事は大切だ。

　この娯楽の少ない世界では、特に。

　リアーヌ王女がお菓子作りにハマっている――いや、あれはもはや商業レベルだけど――

――のも、近い理由なのかもしれない。

「ふぅ。堪能したねぇ」

「お粗末さま」

「本当に美味しかったよ、シェリー」

「ありがとう、ユリア」

　微かに笑みを浮かべるシェリー。

　やはり、このささやかな日常は何よりも大切であると、確かに実感できた日だった。

「じゃあ、解散しよっか。あんまりユリアを連れ回しても悪いし」

「そうね」

　解散することになったが、そこまで気を遣わせてちょっと悪い気もする。

「ごめんね。気を遣わせて」

「いいの、いいの！　私たちも楽しんでいたし、ね。シェリー」

「ええ。ユリアだけじゃなくて、私たちも楽しかったから」

「そっか。それなら良かったけど」
そこで僕らは解散し、それぞれ帰路へとつく。
ふと僕は、空を見上げた。
今日もまた、いつものように黄昏に染まっている空が広がっている。
僕らの心情とは関係なく、ただ黄昏はそこにある。
僕は前を向いて歩き始める。
人類は大きな傷を負ったけど、確かに進んでいる。
その意志を受け継いで、僕は進んでいくだけだ。
これまでも、そしてこれからも――。

◇

数日後。
ついに作戦についての召集がかかったと思いきや、そうではなかった。

ベルさんを通じて、リアーヌ王女はまたお菓子の味見をして欲しいと伝えてきた。

僕としてもまだ、暇をしているのでちょうど良かった。

朝からにはなるが、僕は早速王城へと向かった。

もちろん、帽子を深く被って軽い変装をして。

王城に向かう際、街を通らないといけない。

繁華街であるここはいつもはかなり栄えているが、今は復興のための工事もあるので、比較的閑散としている。

「あら、ユリアじゃない」

「あ。先輩、どうも」

ペコリと頭を下げる。

ちょうどバッタリと、僕はエイラ先輩と出会った。

先輩とはこの休暇中は、特に会っていない。

あのサイラスさんの葬式で会ったのが、最後である。

だからと言って、しんみりとした雰囲気はなく、至っていつも通りだった。

「先輩は何をしているんですか？」

「散歩よ」

「散歩、ですか」

「ええ。急に休暇って言われても、困るじゃない？　まぁ、ワーカホリックといえばそうなんだけど。ともかく、日常的に体を動かさないとね？」

「確かに。そうですね」

僕も暇をしている、とは言っているけれど、日頃の鍛錬は欠かしていない。

いずれくる戦いのためにも、休んだままでいるわけにはいかない。

「で、ユリアは？」

「僕はリアーヌ王女に呼ばれて」

「へぇ。もしかして、作戦について？」

「いえ。今回もお菓子の味見をして欲しいと」

「へぇ……今回も、ねぇ」

スゥ、とまるで猫のように目が細くなる先輩。

あ、あれ。

もしかして、何かまずいことを言ってしまっただろうか？

「日常的に行っているの？」

「僕が休暇の時は、そうですね。リアーヌ王女も気を遣ってくれているようで」

「ふんふん」

先輩はわざとらしく腕を組んで、頷く素振りを見せる。

怒っている……わけではないのか？

それなら安心だけど、やっぱり女心はいつまで経っても分からないものである。

「じゃあ、今日は私も行こうかしら」

「いいと思いますよ。味見なんで、人は多い方がいいでしょうし」

「ちなみに、その味見の時はベルはいないの？」

「あー」

記憶を遡ってみる。

言われてみれば、ベルさんは席を外している時が多い気がする。

特に何も気にしていなかったが、先輩に言われて初めて意識した。

「確か、あまりいない気がします」

「うんうん。リアーヌの狙いが、よ～く分かったわ」

打って変わって、ニコニコと笑っているエイラ先輩。

リアーヌ王女の狙い？

純粋に自分の作ったお菓子の味見なのでは？

と、言おうと思ったが、僕は心の中で留めておいた。

これは直感。

なぜか、それは言わない方がいいと思ったので、僕は先輩と一緒に王女のもとに向かうことにした。

「ユリアは休暇中、何してたの？」

「えーっと」

僕は日頃は本を読んでいるか、体を鍛えてるかのどっちかであると答えた。

「あんたねぇ。それは休みになっているの？」

「なってますよ」

「もっとこう、パァーッと遊ぶとかないの？　お金はうなるほど持ってるでしょうに」

「うーん」

確かに自分の持っているお金は、相当な金額になっている。

とは言っても、特に使うような趣味もない。

本を買うにしても、それでも限度というものがある。

「ま、それがユリアらしいけど」

「そうですか？」

「ええ」

「あ、それとソフィアとシェリーと遊びましたよ」

「あらいいじゃない。同級生で親睦を深めるのも、大切よ」

「はい。楽しかったです」

先輩とこうして、日常的な会話をするのはとても楽しかった。

ここ最近はずっと、作戦でしか話していなかった気がするから。

「着いたわね」

「はい」

王城もそれなりに損傷していたが、ここは優先的に修復が入っているので、もうすでに前と同じように綺麗に直っている。

結界都市の要であるので、当然ではあるが。

僕はいつものように王城の守衛に話を通して、中に入っていく。

もちろんエイラ先輩もSランク対魔師であり、リアーヌ王女とは友人なので、問題なく中に入ることができる。

コンコン、といつものようにドアをノックする。

「あ！　ユリアさんですか？」

明るい声が聞こえてくる。

パタパタと足音がして、扉が開く。

「えーっと、その。エイラ？」

「ふん。私がいたら、悪いの？」

「……いえいえ、エイラも来たのなら、ち、ょうど、い、いです」

微かに間があった。

それに、バチッとリアーヌ王女とエイラ先輩の視線が交わった気がする。

一瞬。

ほんの一瞬だけ空気が凍りついたが、今は弛緩している。

「ちょうど、今クッキーを焼いているので。少し待っていてください」

そう言われて、僕とエイラ先輩はとりあえず着席して待つことになった。

「思うんですけど」

「何よ」

僕はふと、思ったことを口にする。

「普通は立場が逆というか、王女様にここまでしてもらうのは、ちょっと……」

本当に今更な話ではあるが、完全に僕らは給仕を待っているようなものである。

まるでリアーヌ王女が、メイドのような感じ。

それを口に出すのは流石に失礼なので、黙ってはおくが。

「まぁ、いいんじゃない？」

「そうですかね」

「私たちが無理やりやらせているのなら、問題だけど。リアーヌが率先してやりたがっているんだし」

「そうだといいですが」

「ユリアは心配し過ぎよ」

「すみません」

思わず謝ってしまう。

すっかり慣れてしまっていることではあるが、本当に慣れとは恐ろしいものであると改めて思った。

「ま、王族には色々とあるし、ちょうどいい息抜きにはなってるんじゃない？」

「あぁ。そうですね、今は情勢的にも大変でしょうし」

僕らが言及しているのは、軍の体制についてである。

上層部が完全に入れ替わり、王族などもその対応に追われている。

それに、今までの上層部と懇意にしていた貴族の派閥などもある。

暴動とまではいかないが、それなりに不満が出ているという話は、僕の耳にも届いている。

「先輩の家は、貴族でしたよね？」

「一応そうね。あぁ、もしかして心配してくれているの？」

「はい。派閥的な問題で、色々とあると思いまして」

「大丈夫よ。うちの家はあまり好きじゃないけど、そこまでガッツリと権力争いに絡んでいたわけじゃないし」

「そうでしたか」

「うちの家も一枚岩じゃない。だから私は、自由に対魔師やってるのよ」

「自由にやっていて、Sランク対魔師になるというのも、すごい話ですが」

先輩は家の人とあまり仲が良くない。

以前も聞いたが、ほぼ家を出るような形で対魔師になったとか。

と、そんな話をしているうちに、クッキーの焼きたての匂いがしてきた。

「よし。できましたよ！」

こちらの部屋にやってくるリアーヌ王女は、とてもニコニコとしていた。

どうやら、満足のいくものができたらしい。

また、すでに紅茶なども淹れてある。

全てをリアーヌ王女がテーブルにセッティングすると、早速試食会をすることになった。

「ユリアさんは、紅茶にお砂糖は必要ありませんよね」

「はい」

「エイラは……いるわよね？」

「ふん！　私だって、大丈夫なんだから！」

エイラ先輩は、甘いものが好きである。

基本的に、紅茶などの飲み物も無糖で飲むことはない。

以前目撃したことがあるけれど、たっぷりのミルクと砂糖を入れていたのは、僕としてはちょっとした衝撃だった。

「へぇ。強がらなくてもいいのに」

「まぁ、必要になったら、自分で入れるわよ」

そんな話をしつつ、早速焼きたてのクッキーを一口。

今回はいつもと異なり、何やら細かい線のようなものが入っている。

「ん、これは……」

食べてから気がついた。

これは、もしかして茶葉だろうか？

微かに紅茶の香りがするクッキーだった。

「はい。どうでしょうか？　まだ配合などは迷っているのですが、今回は少し少なめにしておきました」

「へぇ。やるじゃない。でも、私はもうちょっと濃い方がいいかな～。あとは、砂糖も」

「ふむふむ。砂糖の件はスルーですが、エイラの意見も貴重です。メモしておきます」

リアーヌ王女はすぐに紙にメモをする。

本当に熱心だと、僕は思った。

ここまで熱中できる趣味があるのは、少し羨ましい。

でも趣味というか、もはや職人の領域まで来ているような気もするけど……。

正直、お店などで食べるものよりも、ずっと美味しい。

「では、次はケーキです。今回はクリームもスポンジもこだわってみました」

『え……』

僕とエイラ先輩の声が重なる。

クッキーの次は、ケーキ？

いつもは大体一種類なので、完全に油断していた。

「待ちなさい。もしかして、私がいて都合がいいってのは」

エイラ先輩が確認を取る。

「ええ。作り過ぎちゃったから、人数は多い方がいいと思って」

「そ、そう……」

先輩も勢いがなくなってしまう。

流石に甘いものが好きな先輩でも、これだけの量には驚くのも無理はない。

並べられているクッキーもかなりの量だったし、先ほどリアーヌ王女が持ってきたケーキは、ホールで三つだった。

「ではしっかりと、感想を教えてくださいね？」

とても晴れやかな笑み。

僕と先輩は悟る。

もう決して、逃げることはできないのだと。

「先輩……」

「ええ。今日はもう、昼も夜もご飯は食べれないわ……」

今日一日のカロリーをここで全て摂取するという覚悟を、僕も先輩も心に抱くしかなかった。

「う……」

「ぐ……これは……」

僕と先輩は、完全に胸焼けを起こしていた。

リアーヌ王女が次々と勧めてくるので、食べるしかなかった。

エイラ先輩も無邪気(むじゃき)なリアーヌ王女の笑顔(えがお)には、逆らえなかったらしい。

ただ、一つだけ気になることがあった。

それは、僕と先輩以上に食べているリアーヌ王女が、平然としていることだった。

「あら。少し多過ぎましたかね？」

「少し、じゃないわよ！　作り過ぎよ！」

先輩が抗議(こうぎ)の声を上げるが、僕も内心同じ気持ちである。

「くぅ……これは太る。確実に太るぅ……」

先輩の漏らしていることは、切実なものだった。

僕はカロリー自体は特に気にしていないが、やはりこの胸焼けだけは本当に辛いものだった。

今はなんとか、水をもらって誤魔化している。

「太る？　あぁ、確かにそうかもしれませんね」

「くっ！　リアーヌの体質が憎い……！」

「もしかして、リアーヌ王女はこれだけ食べても太らないのですか？」

「はい。体質だとは思いますが、太ったことはありませんね」

「なるほど……」

いつも大量のお菓子を作って、自分で食べている。

しかし、一向に太る様子がないのはそういうことか。

もしかして、裏でとても激しい運動をしているとか、そういうことはなさそうだった。

「ふふ。どうでしたか、美味しかったですか？」

「はい。味はとても、良かったです」

「そうね。味は問題ないわ、味はね……」

幸いだったのは、どれも美味しかったことである。

ただし、中には挑戦的なものもあったが、もう思い出したくはない……。

「正直なところ、もうお店とか出せるレベルでしょう？」

エイラ先輩の言う通り、僕も同意見だった。

「一応準備はしているけど、やっぱりまだね」

「名前とかを隠したらいいんじゃない？　販売とかは別の人にやらせて」

「それは考えましたが、私は王族であるし、世界が黄昏に支配されているうちは、娯楽程度でとどめておくべきでしょう」

いつかお菓子屋さんを開きたい。

それがリアーヌ王女の夢である。

仮にこの世界が黄昏に支配されていないのなら、その夢はもう叶っていたのだろうか。

きっと、叶っていたに違いない。

リアーヌ王女の行動力は伊達ではない。

それに、彼女はとても聡明だ。

「そ。でも、もしかしたら黄昏を打破できるかもしれない。私たちの世代で。リアーヌの夢も、叶うかもしれないわね」

「……そうだと、いいのだけれど」

ふと、遠い目をするリアーヌ王女。

彼女は言っていた。

いつも待っているだけの自分が嫌になると。

しかし、戦うだけの力を彼女は持ってはいない。

だから僕たち対魔師が、もっと戦わないといけないのだ。

「すみません。ちょっと暗い話になりましたね。とりあえずは、今日はありがとうございました。また是非、よろしくお願いしますね？」

「ふーん。それは、私もまた来てもいいってことよね？」

「……」

じっ、とエイラ先輩とリアーヌ王女の視線が交わる。

それは、今朝会った時の空気と似たようなものだった。

僕は知っている。

こんな時は、黙っているのが賢明であると。

本能的にそう悟っている僕は、二人の動向を見守る。

「そうですね。、、、タイミングが合えば、いいですよ？」

「へぇ。タイミングねぇ。まさか、味見を言い訳とかにしてないわよね？」

「もちろん。これは純粋なものですよ？　まぁ、多少なりとも他意があったとしても、問題はないと思いますが」

「ふふ。そういうことにしておきましょうか」

エイラ先輩は立ち上がる。

心なしか、嬉しそうな表情をしていた。

「ユリア。行きましょう」

「はい」

僕も立ち上がって、扉へと歩を進めていく。

「本日は改めて、ありがとうございました。また、よろしくお願いしますね？」

「はい」

「はいはーい。じゃあね、リアーヌ」

「ええ。さようなら、お二人とも」

ゆっくりと扉が閉まり、僕らは王城を後にするのだった。

◇

「気がつけば、もう夕方ね」

「ですね」

朝からリアーヌ王女のもとを訪ねていたが、まさかそんなに時間が経っていたとは。

「解散するってのも、味気ないのよね～。何より、リアーヌのお菓子の残留思念が……」

「ざ、残留思念ですか？」

大袈裟な物言いに、僕は思わず尋ね返してしまう。

「なんか、リアーヌのお菓子にはすごい意志が込められているような気がするのよねー」

「でも確かに、あの情熱はすごいですね」

「ね。私は趣味とかなんもないしな～」

「僕もですよ」

僕と先輩は、街を歩きながらそんな会話をする。

互いにSランク対魔師であり、趣味に没頭する時間はない。

言うならば、そこまでの心の余裕がないのだ。

「あ。ちょっと、喫茶店に寄って行かない？」

「開いているんですか？」

「知り合いのお店よ。来週から再開するって言ってたし、大丈夫でしょう」

「なるほど」

僕は先輩の後をついていき、その喫茶店にやってきた。

先輩は中で挨拶を交わすと、僕の方へと戻ってきた。

「大丈夫だって。さ、座りましょう」

「はい」

当たり前ではあるが、開店はしていないので、閑散としている。

流石に何かを食べる気力はないので、飲み物だけを注文しておいた。

こうして先輩と一日を過ごすのは、久しぶりだった。

「そろそろ、休暇も終わりかしらね〜」

「だと思います。作戦がまた、始まるかと」

作戦。

次のものは、どんなものになるだろうか。

しかし、どんな作戦になっても、僕らが黄昏危険区域に出ていくことだけは間違いない。

Sランク対魔師とは、そういうものだから。

「作戦……あぁ。一応ユリアには、言っておくけど」

「なんですか？」

「ベル。注意しておいた方がいいわよ」

「ベルさん……もしかして――」

僕が言葉を発する前に、先輩はこくりと頷いた。

「ええ。復讐よ」

「……」

復讐か。

それは一概に悪いものだとは、思わない。

けれど強い感情に飲まれてしまうことは、時に命を落とすことにつながるかもしれない。

僕も過去に激情に身を任せて戦ったことがあるが、あれはいいものではない。

「ベルは師匠の仇をみつけた。そしてそいつは、クローディアも殺した。復讐相手には、これ以上ないくらいベストでしょう？」

「ベスト……表現はともかく、そうですね」

「だから、気をつけないといけない。私は復讐心に飲まれて、死んでいった仲間をたくさん知っている」

「はい」

「私かユリアか、作戦が一緒になるかは分からないけど、注意しておくのは大切なことだわ。もう誰も、失いたくはないから」

先輩のその言葉は、とても重いものだった。

「ふぅ……ってアレ？　なんだか、視界が……」

「？　大丈夫ですか？　もしかして、体調不良とか」

「ううん。これは、なんというか」

先輩の顔が赤くなり、目の焦点もちょっとだけ合っていない。

これは見たことがある。

まるで——酔っているようだった。

しかし、アルコールを摂取した記憶は……あ。

リアーヌ王女の作ったお菓子の中に、ブランデーが混ざったものがあったはず。

でもあの時は、本当に少ししか入れてないから、酔うことはないと言っていたけど……。

やはり、体質的な問題はある。

「ひっく……うぅ……なんだか、眠いような……そうでもない、ような……スゥ……」

気がつけば、先輩は机に伏して眠ってしまっていた。

とても気持ちよさそうに、眠っている。

このままにしておくわけにもいかないので、僕は先輩を担いでこの喫茶店を後にすることにした。

すっかりもう、夜になってしまった。

先輩を背負っているが、とても軽い。

こんな小さな体で、最前線で戦っている。

先輩は言っていた。

自分は肉体的にはとても劣っている存在だと。

だから自分の魔法力と、判断力がとても大切なのだと。

僕は先輩とは違って、完全に近接戦闘タイプだ。

けれどそれは、自分が体に恵まれているから——そうやって戦うことができる。

言葉では知っていたけど、先輩の苦労というものを少しだけ理解できたような気がする。

「先輩。鍵は持っていますか?」

「ううん……ポケットぉ……」

「ポケット。わかりました」

先輩のポケットの中を探ると、そこには鍵があった。

僕はそれを使って、扉を開けると先輩をベッドに寝かせる。

先輩の部屋に入ったのは初めてではないので、スムーズに移動させることができた。

なんというか、この場面を誰かに目撃されると、非常にまずいような気がする。

「エイラ～？　帰ってきたの～？」

と、女性の声が扉の前から聞こえてきた。

そこで僕は、ちょうど出ていくタイミングだったので、バッタリとその女性と目が合ってしまう。

「あ……えっと」

「もしかして、ユリア・カーティス？」

「は、はい」

「エイラの部屋から出てきたってことは――」

「自分はこれで失礼します！」

僕は逃げるようにして、この場から去っていった。

だが僕は、この行動を悔いることになる。

後日。

僕とエイラ先輩の件は、完全に軍の中で噂になっていた。

曰く、二人は完全に出来ているとか。

幼女趣味とか、その他諸々……あまり口にできないような噂になってしまっていた。

「あ」

「先輩。おはようございます」

「う……おはようっ！」

先輩は挨拶をすると、すぐに僕の前からいなくなってしまう。

人の噂も七十五日。

早くおさまるといいなぁ、と思っていたけれど、この噂はすぐに耳に届かなくなる。

その理由は——ついに、新しい作戦が始まることになったからだ。

この時、人類はまだ知らない。

この作戦こそが人類の命運を握っていることに。

人類と魔族。

生き残るのはどちらなのか。

もうすでに、審判の時は迫っていた——。

◇

僕はいつものように早朝に目を覚まして、軍服に袖を通す。
ついにやってきた。
今日は朝から、作戦についてのミーティングが行われる。
Sランク対魔師は全員集合で、新しい上層部からの作戦が下される。
僕は早めに作戦司令部に向かうと、そこにはベルさんがすでに立っていた。
「ベルさん。おはようございます」
「……おはよう。ユリアくん」
いつものように長い髪を綺麗にまとめ、腰には剣を差している。
ベルさんの雰囲気はいつもよりも、鋭い。
雰囲気だけではなく、視線もきつい印象である。
その時、エイラ先輩の言葉を思い出す。
『ベル。注意しておいた方がいいわよ』
確かにこれは、気をつけていた方がよさそうだ。

仮にその仇に会った時、ベルさんが暴走してしまうかもしれない。

いつも冷静沈着な彼女からは考えられないが、この振り撒いている殺気にはそれだけの説得力があった。

それから、続々とＳランク対魔師たちが到着する。

「よ！　ユリア！」

「ロイさん。どうも」

僕は次々と、挨拶をしていく。

最後に先輩もやってきたが、プイッと顔を逸らされてしまった。

こればかりは仕方がないだろう。

「全員、集まりましたね」

軍服に身を包んだリアーヌ王女がやってきた。

その後ろには、護衛の対魔師などもいる。

そしてついに、新しい作戦の概要が伝えられることになる。

「サイラスレポートには全員目を通していると思います」

サイラスレポート。

サイラスさんが残した資料であり、それには人類がまだ入手していない情報などもあった。

決して彼(かれ)は、人類を手放しで裏切っていたわけではない。

どのような形であれ、人類のために動いていたことは事実だった。

「サイラスレポートをもとに、新しい魔法が開発されました」

「新しい魔法？」

僕はボソッと声を漏(も)らす。

そんな話は、全く知らない。

一体、どんなものなのだろうか。

「まずは図で説明しましょう」

リアーヌ王女は、後ろにあるボードを使って、その説明を始める。

「黄昏結晶(トワイライトクリスタル)による、黄昏領域(トワイライトフィールド)の無効化は知っていますね？　技術的に言えば、厳密には黄昏の中和ですが、そこはいいでしょう」

黄昏結晶(トワイライトクリスタル)。

それによって、黄昏領域を無効化して、僕らは黄昏危険区域に駐屯(ちゅうとん)基地を設立することができた。

おかげで、外の情報は格段に入手しやすくなっている。

現在もその駐屯基地は、しっかりと稼働(かどう)している。

「サイラスは独自に黄昏結晶(トワイライトクリスタル)の研究を進めていました」

僕はそこまで来て、話の概要を理解する。

僕だけではない。

他のSランク対魔師たちも勘付(かんづ)いているようだった。

「リアーヌ。もしかして——」

「ええ」

エイラ先輩(せんぱい)の言葉に対して、リアーヌ王女は深く頷く。

「黄昏結晶(トワイライトクリスタル)を使用せずに、魔法で黄昏領域を無効化することが可能になりました」

『……！』

全員に衝撃が走る。

ある程度は予想していても、驚くのは無理もなかった。

魔法で黄昏を無効化できる？

それが意味するのは、革命どころの騒(さわ)ぎではない。

なぜならば——。

「今まで、黄昏結晶(トワイライトクリスタル)は非常に希少なものでした。量産は不可能ですし、数には限りがあった。つまりは、現在稼働している駐屯基地の周りに使用するほかなかった。けれど、魔法になれば話は別です」

そう。

魔法ということは、魔力さえあればそれを発動できるということ。

黄昏結晶が大量生産できたのと、同義と言ってもいいだろう。

つまり僕らは、黄昏をほぼ無条件に無効化できる。

ただ、そこまで都合のいい話はないだろう。

「ただし、魔法の発動は困難を極めます。もちろん、魔力の消費量も」

「困難？　つまりは、魔法式自体が複雑なのか？」

そこでSランク対魔師の一人であるギルさんが、リアーヌ王女に尋ねる。

だが、彼女は首を横に振った。

なるほど。

魔法式は複雑ではない、ということか。

「問題は、発動する魔法が大規模になるということです。つまり、発動には人数が必要になります。個人単独で発動するのは、Sランク対魔師には可能かもしれません。ただ、貴重な戦力をそこには割きたくはない。それが、上層部としての判断です」

「……」

なるほど。

人数が必要になってくる、か。

仮にその魔法を発動するとしても、交代制にしなければ維持はできない。

魔力が続く限り魔法は発動するが、そんな便利なものではないらしい。

「魔法の名称は、黄昏無効化領域。これによって、新しい作戦を立案しました。まずはその概要をお伝えしましょう」

リアーヌ王女は、ついに新しい作戦について述べる。

「まず第一に、黄昏危険区域レベル３に新しい駐屯基地を設置します」

確かに、不可能ではない。

今までは、黄昏結晶が足りないせいで、新しい基地を作ることはできなかった。

けれど今となっては、その心配はない。

魔法のために人数は必要だけど、もう不可能じゃないんだ。

「もちろん、基地の設立には黄昏無効化領域を使用します。その基地に物資などを運び込み、黄昏危険区域レベル４の調査に入ります」

緊張が走る。

黄昏危険区域レベル4。

そこは、人類不可侵領域。

今となっては僕はレベル4の経験もあるが、しっかりと覚えているわけではない。

それに、レベル4は黄昏の濃度が段違いだ。

普通の人間が侵入すれば、即絶命する。

それは黄昏症候群が一気に加速するからだ。

人類はまだ、黄昏に対して適応できてはいない。

厳密に言えば――僕以外は。

僕はあの戦いで、黄昏という現象に完全に適応した。

サイラスさんも同様ではあるが、今は僕しか生き残ってはいない。

もちろんこの件は報告して研究などもなされたが、再現性は全くと言っていいほどない、
と言われた。

そんなレベル4についに到達するのか。

これは、人類史上初めての試みであり、達成できれば偉業になるに違いない。

僕らは確実に、黄昏の深奥へと近づいている。

「レベル4……しかし、王女サマ。そのレベル4の調査は誰がするんだ？　Sランク対魔

師といえど、あそこはかなり危険だ」

　ロイさんの指摘はもっともだった。

　Ｓランク対魔師であっても、あの濃度はきついのは間違いない。

「一応、こちらではユリアさんとベル、エイラにお願いするつもりです。この三人は、現人類の中では最も黄昏の適応度が高いですから。また、すでに共有していますが、その中でもユリアさんはほぼ完全に黄昏に適応できています」

「なるほど、な」

「目下の目標は、新しい駐屯基地の設立です。そのために、Ｓランク対魔師の皆さんには護衛任務に当たってもらいます。もちろん、今までのように各結界都市にも配備されることでしょう」

　次の任務は、新しい駐屯基地の設立か。

　今までと大きく、やることに変わりはない。

　黄昏無効化領域という、新しい魔法はあるが、本質的にやることは黄昏に進行していくことだ。

　そうすればいつか、その原因にたどり着くことができるかもしれない。

「今回の任務、やはり注意すべきは七魔征皇の動向でしょう」

七魔征皇……か。

サイラスさんの襲撃時に、そのうちの二体は撃破に成功している。

残りは五体になるが、どこかで干渉してくることは予想している。

このまま向こうが、僕らを自由にさせるとは思えないからだ。

「七魔征皇。残り五体、ですよね？」

僕は改めて、その内容を共有する。

「はい。サイラスの襲撃時に、ユリアさんが中心となって二体の撃破に成功しています。その中で注意すべきは、アウリールとアルフレッドという個体でしょう。こちらは、レポートでも共有しているはずです」

アウリールにアルフレッド。

僕はそのどちらも、目にしたことはあるが、圧倒的な魔力をまとっていた。

それこそ、Sランク対魔師に匹敵する――いや、超えているかもしれないほどだ。

サイラスレポートとベルさんの情報によると、アルフレッドという個体はかなりの剣技の使い手である。

ベルさんはその剣技を、自分と同等かそれ以上であると評している。

ベルさんは人類最強の剣士だ。

それだけは、間違いない。

でも、果たして世界最強の剣士なのか。

その事実は……誰にも分からない。

分からないけど、僕は信じている。

ベルさんは世界最強の剣士であると。

そして、アウリールという個体。

正直なところ、彼は掴みどころがない。

サイラスレポートにも、要注意人物であり、かなり高い知性を持っているとあるが、それだけ。

相手も僕らに情報を与えたくはない。

サイラスさんが手に入れた情報も、相手が敢えて渡したものなのかもしれない。

ともかく、どんな七魔征皇が現れたとしても、僕らは全力で対処する。

それだけだ。

「では、詳細についてですが――」

それから、今回の作戦についての詳細が語られることになった。

「以上になります。作戦は三日後の早朝から。各自、準備を怠らないように。では、解散してください」

リアーヌ王女の説明も終わり、僕らは解散することになった。

「ユリアくん」

「ベルさん」

Sランク対魔師が作戦司令部を後にする中、ベルさんが僕に声をかけてきた。

「作戦のことだけど、アルフレッドは譲ってほしい」

その瞳の奥に見える、復讐の炎。

エイラ先輩の言っていた通りだった。

ベルさんは復讐に燃えている。

きっと、アルフレッドと対峙した時、ベルさんは戦うことを譲りはしないだろう。

「分かりました」

僕は表面上は、理解を示した。

心の中では、ベルさんを暴走させてはいけないと思いつつ。

「じゃあ、私はこれで」

そして、この場に残されたのは僕とエイラ先輩になった。

「ユリア」

「先輩」

「ベル、言った通りだったでしょう?」

「そうですね……」

本当に先輩の言ったままだった。

「ベルは人類最強の剣士よ。それは、私も疑うことはない。けれど、感情と強さは関係ない」

「関係ない……ですか」

「ええ。確かに、感情によって劇的に魔力は向上する。魔法性能だって、一気に底上げされるわ。でも、どうして対魔師はそうしないのかしら?」

僕はその答えを、持ち合わせていた。

だってそんなことは、もはや常識であるからだ。

「過度な感情から生まれる魔法は、暴走するからです」

「そう。言うならば、諸刃(もろは)の剣(つるぎ)。だからより洗練された対魔師ほど、感情的になってはいけない。そんなことは、学院で教えられる初歩的なことだわ」

対魔師を使い捨てとするならば、感情を利用するのも有効である。

しかし、僕らは人形じゃない。

これから先も戦い続ける必要がある。

だから、感情というものはコントロールしなければならない。

Sランク対魔師なら、誰だってそんな当然のことは分かっている。

もはやそれは、無意識に刻まれてると言ってもいい。

「今ベルは、表面上は冷静に振舞(ふるま)っているけど、あの個体と相対した時——絶対に暴走するわ」

「絶対ですか？」

「分かるのよ。悲しいけど、経験上ね」

「……」

僕は黙(だま)るしかなかった。

僕だけではなく、みんな壮絶(そうぜつ)な過去を経験している。

この黄昏の世界で戦うということは、そういうことなのだ。

「ユリアはその点、成長したわよね」

「そうでしょうか」

まだまだ未熟。

僕は自分のことをそのように評している。

僕がもっと強ければ、救える命はもっとあったはず。

溢れていく命は見たくなどない。

それでも僕は、全てを救うことはできない。

「初めて会ったときは、なんか頼りなかったし」

「う……そうですか」

改めて言われると、刺さるものがある。

「でもね」

先輩の声色は、途端に優しいものになる。

「ユリアはこの世界の醜さを知っても、歪まなかった。黄昏という世界の厳しさ。仲間を失う悲しさ。そして、人間が背負っている業の深さ」

「……そう、ですね。僕はそれでも、強くて——そして優しく在るべきだと思っています」

強さは必要だ。

この世界では絶対的なものであるから。

それと同時に、優しさというものを僕は大切にしていた。

余裕を持ち、全てを達観したように見る。

その領域にはまだ至ってはいないけど、僕らは人類の頂点に立っている。

そんな自分だからこそ、優しくありたいと。

そう願っている。

世界は醜いかもしれないけど、僕は世界の素晴らしさも、人間の素晴らしさも知っている。

「ふふ。大人になったわね」

「だといいんですが」

「ま、私もユリアに負けないように頑張ろうかしら」

「先輩はずっと頑張っていると思いますけど」

「もう！　そうじゃなくて、心意気の問題よ！」

「あ。そうでしたか」

思わず、真面目に返してしまった。

「じゃ、作戦頑張りましょう。きっとここが、大きな転換期になると思うから」

「はい」

黄昏を打ち破る。

その唯一の目標のために、僕らは再び戦う。

◇

黄昏危険区域レベル5。

そこでは、ある二人の七魔征皇が会話をしていた。

「アウリール」

「なんでしょうか、アルフレッドさん」

「人間たち、どうやら動き出すみたいだ」

「なるほど。時期的はちょうどいいタイミングでしょう」

現在、結界都市内から情報を得ることはできない。

サイラスは、もういないからだ。

ただ、結界都市の周りには魔物を配置しているので、中の様子はある程度は窺うことができる。

それによって、七魔征皇側は情報を入手していた。

「しかし、良かったのか？　内部からの情報は重要だろう」

「もう必要ありませんよ」

「だが、より詳しい作戦内容を把握できれば、こちらも対処しやすい」

「人間たちには、それほど複雑な作戦を必要としません」

「そうなのか？」

「ええ」

アウリールは、まるで人類側の動きが分かっているような口ぶりだった。

「人類は一枚岩ではない。それは、サイラスからの情報で明らかになっています。本来は一丸となって、魔族に立ち向かうべき。しかし、内部での権力争いによって、それは不可能。だからこそ彼は、人類を粛清すべきだと考えた。我々と協力関係になったとしても」

「そうだったな」

アウリールは全てを把握している。

アルフレッドはそう錯覚しているが、それは厳密には違う。

アウリールは圧倒的に、状況を読むのが上手い。

さまざまな情報を組み合わせて、場面を想像する。

それこそが、アウリールの強みだった。

「おそらく、サイラスが入手した情報は共有されています」

「何？　では、この場所だけではなく、黄昏の根源も把握されているのか？」

「そこは大丈夫ですよ。彼に与えた情報は、漏れても大丈夫なものばかりですから」

「それならいいが……」

微かに笑みを浮かべる。

人類側の予想通り、七魔征皇たちは敢えて情報を渡していたのだ。

「しかし、どうして情報を開示した？」

「それは対等な取引だったからですよ」

「虚実を混ぜればいいだろう」

「その程度、相手は予想しています。与えた情報が真実か、嘘か。それはさほど重要ではなく、大切なのは互いに情報を入手しているという事実」

アウリールは退屈していた。

この旧態依然とした世界に。

だからこそ、彼はやっと大きく動き始めたことに対して、喜びを覚えていた。

「それが、お前の退屈を取り払ってくれるのか？」

「ええ。アルフレッドさんも、そうでしょう？」

「そうだな。俺は剣を極めることができれば、それだけでいい」

「私も同じですよ。この世界はあまりにも退屈過ぎた」

　七魔征皇たちは求めていた。

　この退屈を忘れさせてくれる、刺激を。

「生きているというのは、漠然と生命活動を続けているだけではない。知的生命体は本能を克服し、理性を獲得した。その先に待っているのは、より高度な刺激だった。生きている理由——それを満たすことが、もはや目的なのです」

「お前の言い回しはいつも小難しいが、理解はできる」

「ええ。そうでしょうとも。では、本日もそのために頑張ってもらいますか」

　いつものように、アウリールはそっと巨大な肉塊に手で触れる。

　黄昏を吐き出すその塊。

　その正体は——。

「我らが、魔王様に」

しかし、その魔王と呼ばれる存在は——もう意志を示すことはなかった。

第三章　黄昏危険区域レベル５へ

作戦当日。

僕らは結界都市の正門に集合していた。

まずは、僕とベルさん、エイラ先輩が先頭を務める。

その他にも、Ａランク対魔師たちが五人ほどついてきている。

今回はこの八人で部隊を組み、黄昏危険区域レベル３を調査。

そこで駐屯基地を設立するにふさわしい場所を、発見する。

「みんな、準備はいい？」

『はいっ！』

全員が声を上げる。

今回のリーダーはベルさんであり、そのことに異論を申す者はいない。

「……」

「……」

僕と先輩は、視線を交わす。

互いに自分がするべきことは理解している。

ベルさんのことも、無理はさせないつもりである。

僕はそして、いつものように結界都市から出発する。

すでにレベル２には駐屯基地は設立されているので、そこまでの道は整備されている。

今となっては馬車などで通れるほどに。

ここまでしっかりと整備されるなんて、過去には考えられないことだった。

黄昏の世界は、人間にはどうすることもできない。

今まではずっと、そう考えられてきたから。

「おぉ！　ついに作戦開始ですか！」

僕らは無事に、レベル２の駐屯基地に到着。

そこは完全に黄昏が無効化された領域、ほとんど結界都市と変わりはなかった。

基地にいるのは軍人だけだが、辛そうな表情などはしていない。

今までならば、黄昏の地にいるのは不可能とされていたのに。

改めてこの基地とそこにいる人を見て、僕は人類が着実に進んでいることを自覚する。

「しばらく休憩した後、レベル３の調査に入るから。各自、しっかりと準備をしておくように」

『了解』

ここで休憩となった。

正直、戦ってもいないので疲れていないが、休息は重要だろう。

「ふぅ。やっぱり、ここはいいものね」

「いいもの、ですか？」

「ええ。結界都市と違って、しっかりとした緊張感があるから」

「それは確かに……そうですね」

エイラ先輩の言っていることは、理解できた。

確かに、結界都市と駐屯基地では緊張感が違う。

結界都市はその結界がある限り、魔物が侵入してくることはない。

今までの襲撃で例外的な事象などもあるが、基本的には安全な場所である。

伊達に、百五十年もの歴史を持っているわけではない。

逆に、この駐屯基地は非常に不安定な場所ではある。

今は、黄昏結晶によって、黄昏領域は無効化されている。

一見安全に見えるが、実際にはいつそれが崩壊してもおかしくはない。

過酷な環境とまでは言わないが、しっかりと覚悟をしなければこの環境で活動することはできない。

そういう意味では、この基地で活動をしている対魔師は、他の対魔師とは一線を画すといっても過言ではないかもしれない。

「先輩は結界都市はあんまり好きじゃないと？」

「好きとか嫌いじゃなくて、落ち着かないって表現が正しいかしら」

「落ち着かない。つまりは、常に臨戦態勢の方がいいと？」

「うーん。そうかも」

「それはまたすごいですね」

「慣れってことね。逆に弛緩した雰囲気の中だと、もう逆に落ち着かなくてね。全く、本当に嫌になるわ」

「職業病って感じですかね？」

「そうね。ユリアは理解できない？」

「僕は——」

言われていることは分かるが、実際に僕はどうなんだろう。

あまりそんな感覚を覚えたことはないが……。

「そうですね。理解はできますけど、どちらもいい場所だと思います」

「ふふ。ユリアらしい回答ね」

そんな会話をしつつ、僕らはついに作戦を開始することになった。


黄昏危険区域レベル3。

そこは人類不可侵領域の一つ手前。

今までは、Sランク対魔師にしか侵入許可は下りなかった。

でも今は、僕らについて来ているAランク対魔師たちも、この領域へとやって来ている。

駐屯基地の設置もあって、今はすぐに回復することもできる。

基地には最新の医療設備なども整っているからだ。

ただの野戦病棟とは訳が違う。

医療に長けた対魔師だけではなく、物資なども整っている。

基地があるのとないのとでは、雲泥の差になる。

ということは、この先にも基地を設置することは重要なことになる。

レベル3に設置できれば、レベル4の調査ができる。

さらに、レベル４に設置できれば、レベル５の調査もできる。

黄昏危険区域レベル５は、人類には絶対に無理な領域とされていたが、今はそれも過去になりつつある。

「止まって」

ベルさんが僕たちを静止させる。

その場にいたのは、魔物。

それもヒュドラだった。

僕らが現在探索(たんさく)しているのは、川辺の近く。

ヒュドラは頭が五つあり、川辺などを好む魔物である。

過去には戦闘(せんとう)をしたこともあるが、ヒュドラはかなり危険なものであり、Ａランク対魔師でないと対処できないとされている。

「……なるほど。群れでいるみたいだね」

その川の中から、ゾロゾロとヒュドラが出てくる。

その数は十体。

流石(さすが)は、黄昏危険区域レベル３。

これだけのヒュドラがいるなんて、普通(ふつう)は撤退(てったい)するべきだと判断するが……。

「各自、臨戦態勢！」

『了解！』

僕はすぐに、黄昏刀剣を展開する。

ここは僕らが事前に目をつけていた場所で、次に基地を設置するなら川辺がいいとされていた。

地形として安定しているし、何よりも川を有効活用できれば、もしかしたら植物を栽培できるかもしれない。

野菜や果物だって、あり得ないことではない。

だからこそ、この場所は絶対に確保しておきたい。

「私とユリアくんで分かれよう。エイラは遊撃で、残りはそれぞれカバーをお願い」

『了解！』

それぞれが散開して、ついに本格的な戦闘が始まることになった。

◇

ベルはまず、この状況をしっかりと冷静に把握していた。
数は……十体。
できれば、均等に分けたいところ。
抜刀。
ベルはすぐに剣を振るって、それぞれのヒュドラに傷をつける。
ただしそれは、致命傷を負わせるものではない。
あくまで意識をこっちに向けるためのもの。
また、ベルとユリアを中心にして、二手に大きく分かれている。
ヒュドラは決して、知能が低い魔物ではない。
それぞれのヒュドラもまた、五体ずつ分散して相手をすることに決める。
ベルは狙い通りだと考え、すぐにヒュドラの首を刎ねていく。
今までの経験から、ヒュドラとの戦いは心得ている。
首をすばやく切断して、再生させる暇を与えない。
ただし、その首はほぼ同時に切断しなければならない。
超高速の再生能力。

それがヒュドラの強みではあるが、ベルもまた過去とは違って、死線を幾度となく越えて来ている。

「──ハァ!!」

一閃。

ベルの剣は、ヒュドラの首を一刀両断した。

きらめく真っ白な刃はまるで演武でも踊っているかのように、ヒュドラの周りで輝いて見えた。

ヒュドラは悲鳴をあげる暇もなかった。

ドォン！　と大きな音を立てて沈んでいく。

ベルはヒュドラの血液を浴びることなど一切気にせず、次のヒュドラへと狙いを向ける。

「──次」

もはやベルの戦闘に、介入する意味などありはしなかった。

「うん。ベルは大丈夫そうね」

魔法による後方支援を得意としているエイラは、戦況を俯瞰的に眺めていた。

どちら側を支援するべきか。

ただエイラは迷っていた。

「うーん。とは言っても……」

ベルには遊撃を頼むとお願いされている。

ベルとユリアを中心として、他のAランク対魔師たちも戦ってはいるが――それはほとんど、ベルとユリアの独壇場だった。

次々とヒュドラを撃破していくベル。

その姿はまるで、修羅のようだった。

現在は作戦に集中していることもあって、復讐心に燃えているわけではない。

ただ淡々と、まるで作業のようにこなしていく。

そんなベルを手伝う意味などない。

では、ユリアの方はどうだろうか。

「ユリアの方も、必要なさそうなのよねぇ……」

ドォン！　と再び音が響く。

完全にスイッチが入っているようで、ユリアは縦横無尽に駆け回っていた。

高速で疾走することで、狙いを定めさせない。

その速度は、エイラでさえも追うのがやっと。

巨大生物であるヒュドラは、たとえどれだけの数になっても、ユリアを捉えることはできない。

そして、ユリアはその場で急ブレーキを踏むと、その反動で一気にヒュドラの胸元へ飛び込んだ。

ユリアが両手で持っている、黄昏刀剣が閃く。

黄昏の軌跡を描き、気がつけばヒュドラの頭部は完全に切り落とされていた。

それも全て。

一瞬の出来事だった。

圧倒的な力。

ベルも相当だけど、ユリアは――。

エイラは内心で思う。

サイラスとどんな戦いをしたのか、それは知らない。

それでも、人類最強と呼ばれていたサイラスに勝利したユリアは――正真正銘、人類最強の対魔師ではないだろうか。

もはやその強さは、同じSランク対魔師だとしても、一線を画している。

肉薄できるとすれば、ベルくらいだろうか。

「ふぅ」

ほぼ同時に、ヒュドラの討伐は終わった。

無惨に転がっているヒュドラの頭部は、ベルとユリアの底知れない強さの証。

一緒に戦っていたAランク対魔師たちも、呆然とするしかなかった。

「全く、本当に頼りになるわね」

結局、エイラは見ているだけだった。

彼女が魔法を使う必要もなく、今回の戦闘は終了する。

◇

「ふぅ」

久しぶりの実戦だったけど、体は鈍っていないようだった。

それにしても、調子がかなりいい。

以前はそれなりに苦戦したヒュドラだったけど、ここまであっさりと討伐できてしまうとは。

「ユリアくん。流石だね」

「いえ。ベルさんこそ」

「他にも魔物がいたみたいだけど、逃げちゃったみたい」

「逃げた？」

「流石に、この戦いを見て攻めてくる魔物はいなかった、ってこと」

「なるほど」

それは賢明な判断である。

僕もまた、他の魔物の存在には気がついていた。

戦闘中に視線を感じていたから。

ヒュドラを倒した後は、そいつらの相手をしないといけないと思っていたけど、どうやらそれは杞憂に終わった。

「うん。ここは地形的にもちょうどいいね。場所は確保できたって、報告しよう」

『分かりました』

こうして無事に、僕らは基地を設置する場所を確保することができた。

通信魔法で連絡するると、たくさんの対魔師がやってきた。

基地を設置するだけならば、これだけの数は必要ない。

今回、いつもよりも対魔師が多いのは、あの魔法のためだった。

新魔法である黄昏無効化領域。

それを発動するためには、魔法を使える人間の数がそれなりに必要となってくる。

「おう！　ユリアじゃねぇか！」

「ロイさん。どうも」

軽く頭を下げて、挨拶をする。

今回の作戦、ロイさんは別部隊で活動をしている。

僕らのような斥候とは別の形にはなるが。

「それにしても、見たぜアレ」

「あぁ。ヒュドラの死体ですか」

「あぁ。ベルとユリアがほとんどやったんだろう？」

「そうですね」

「さっき運ばれている死体を見たが、切り口で分かるからな」

「へぇ。すごいですね」

僕は切り口を見て、誰が倒したかなんて判断はできない……と思う。

「ベルは何ていうか、鋭いな。綺麗にすっぱりと首を切ってやがる。一方でユリアは、雑じゃねぇが、力でねじ伏せてる……って感じだな」

それは確かに、そうかも知れない。

僕は自分の全力をもって、その力で全てをねじ伏せている。

それは自分でも覚えている感覚だった。

「ま、あれだけの力があるようで俺は嬉しいぜ」

「恐縮です」

「ただ問題なのは――」

途端にロイさんは、真剣な表情になる。

「七魔征皇の介入ですか？」

「おう。今回のヒュドラは、操作されていたものじゃなかった。そうだろう？」

「はい。おそらくは、そこに自然にいたものかと」

「今まで相手の介入は幾度となくあった。あいつらは、魔物を操作できる魔法を使えるらしいからな。でも、今回はその動きはない。本来なら、俺たちの行動は絶対に止めたいはずだ」

「ですね」

ロイさんの言う通りだった。

どうして、七魔征皇たちは介入してこないのだろうか。

そのことに対して、一抹の不安を覚える。

サイラスさんの件を経て、手を出しにくくなった。

それとも、別の要因か……。

僕らは相手の情報を確かに入手したけど、まだ優勢というには程遠いのかも知れない。

「あ！　ロイ！　ちょっと、あんたはあっちで護衛でしょう！」

僕とロイさんが話をしていると、エイラ先輩がやって来た。

「ん？　あぁ。エイラか。小さくて見えなかったぜ」

「何ですって！」

「俺はユリアにちょっと挨拶がてら、な。それに、エイラも分かっているだろう？」

エイラ先輩もまた、どうやら気がついているようだった。

「相手の介入がないってこと？」

「あぁ」

「さぁね。ビビってるんじゃない？　あいつらの作戦は、ことごとく失敗してるし」

「そんなタマか？　あいつらが」

「まぁ……それはなさそうだけど。私たちが考えても仕方ないわよ。十分に警戒しておく。やるべきことに、変わりはないから」

「エイラのくせに、まともなこと言うな」

「はぁ⁉　私はいつだって真面目なのよっ！」

「おー怖い怖い。じゃ、ユリアまたな。夜は一緒に飯でも食おうぜ」

「はい」

ヒラヒラと手を振って、ロイさんは去っていく。

一方でエイラ先輩は、まだロイさんに対して怒っているようだった。

「もう、本当に何なのかしら。あいつってば、不真面目なのか真面目なのか、よく分からないわ」

「切り替えが上手いのでは？」

「あぁ。言い得て妙ね。って、今はあいつの話はどうでもいいわ。ユリア、交代で見張りをすることになっているから、自分のシフトを確認しておいてね。あっちでもう組んであるから」

「分かりました」

僕は簡易的な作戦司令部となっている場所に、足を運ぶ。

僕がそのテントの中に入ると、そこではベルさんが他の対魔師たちと真剣に会話をしていた。

「ユリアくん。シフトはこれだから、確認しておいて」

「分かりました」

僕は渡された紙を見る。

主にそれは、Aランク対魔師たちで組まれていた。

僕はといえば、この中では比較的時間は少ない方だろう。

「一応、Sランク対魔師は何かあった時のために、時間は少なくしてあるの。急な襲撃もあり得るし、休める時には休んでおいて」

「はい。分かりました」

それから、夜になった。

僕は自分の見張りの時間を終えると、食事を取ろうと思ったが……ロイさんが僕に話しかけてきた。

「よ。ユリア」

「ロイさんも食事ですか？」

「あぁ。一緒に飯食べようぜ」

僕の分の食料も、ロイさんが渡してくれる。

僕らは少しだけみんなから離れた場所に腰をかける。

「昔に比べれば、食事も良くなったもんだ」

「そうなんですか？」

僕は別に、作戦中の食事に不満を持ったことはない。

ただ、黄昏で二年間も放浪した経験があるので、食事に対して栄養が取れたらそれでいいと思っているところがある。

「あぁ。やっぱり、美味い飯ってのは大事だぜ？　士気に関わる。その点、最近は良くなってきてて、俺は嬉しいぜ」

「なるほど」

僕らは保存食を口にする。

それほど美味しいものではないが、これぱかりは文句を言っていられない。

結界都市にあるレストランなど、アレほどのものは食べられないのが普通なのだから。

「で、大丈夫なのか？」

ロイさんは本題と言わんばかりに、唐突に尋ねてきた。

「……サイラスさんの件ですか？」

「あぁ。お前、誰にも詳しいことは話してないだろう？」

「レポートでは報告していますが」

「ちげぇよ。感情的な部分、だ」

「感情的な部分……」

確かに、しっかりとあの件について話をしたことはまだない。

僕は迷っていた。

あの件をどのようにして、自分の中で消化すべきなのかと。

「サイラスは強かったか？」

「はい。とても、とても強い人でした」

「サイラスってやつは、対魔師の憧れ。あいつこそが、人類最強。でも、あいつも人間だった」

「……人間。確かに、そうだと思います」

サイラスさんがどうして蛮行に走ったのか。

その真実を知っているのは、数少ない人間だけだが、Sランク対魔師の間では共有されていることだった。

「俺も腐っている上には、辟易していた。でも、あそこまでの行動を起こす勇気も気概もなかった」

「それが普通だと思います」

「あぁ。でもサイラスは、色々な因果が巡って、あんな最期を迎えた。結局、俺たちのいう正義なんてものは、何なんだろうな」

「……」

正義か。

サイラスさんとも、その話をした気がする。

互いの正義のぶつかり合い。

ただし、その正しさは勝ったものが手にする。

正しいから正義なんじゃない。

勝ったからこそ、正義なのだと。

「ユリアは強いな」

「僕なんて、まだまだですよ」

「はっ。サイラスを倒しておいて、まだ謙遜するか。俺なら、もっと威張ると思うけどな」

「はは。それは、ロイさんらしいかもですね」

「だろ？」

　微かに笑みを浮かべる。

　もっと、深刻な雰囲気になると思っていた。

　けれどこのささやかな笑いのおかげで、そんなことはなかった。

「ユリア。もし何かあれば、俺を頼れよ」

「はい。ありがとうございます」

「俺だけじゃない。他にも仲間はたくさんいる。ユリアだけが背負っていくものじゃない。俺たちはこれからも一緒に戦い続けるんだからな」

「……」

　僕らはふと、空を見上げる。

　とても綺麗な星空だった。

「それで、お前あっちはどうなんだよ？」

「あっち？」

「とぼけるなよ。エイラもそうだし、リアーヌ王女ともいい感じなんだろう？」

「え……」

　その後、僕はロイさんに色々と問い詰められるのだが、それはまた別の話である。

◇

「ふむ。どうやら、基地の設置が始まったようですね」

アウリールは魔物の知覚を共有して、現在は遠目からユリアたちの様子を見守っている最中であった。

「結局、止めなくて良かったのか？」

その近くでアルフレッドは自身の剣を研いでいた。

戦う時は、もうすぐそこまで近づいていると分かっているからだ。

「ええ。どれだけ妨害しても、相手は必ず成功させます」

「魔物をもっと使役すれば、遅延はできるだろう？」

「原因に対処できたことにはなりませんよ」

「原因？」

「ユリア・カーティスですよ」

アウリールはユリアの名前を告げた。

「俺はあいつにはそこまでそそられないが、過去の勇者と同じ存在か？」

「まぁ、類似しているのは間違い無いでしょう。人間にはその歴史の中で、特異点のような存在が生まれる。人類側からすれば、英雄でしょうか」

英雄。

過去の人魔大戦では、勇者という存在がそれに当たる。

唐突に現れた勇者は、魔族と戦い続けた。

そして——魔王と一騎討ちの末、相討ちになったと歴史には残っている。

人間側はあくまで、それを伝聞として知っている。

今となっては、百五十年前の歴史を経験した人間はいないからだ。

逆に、七魔征皇たちは覚えている。

魔王に仕え、実際に人魔大戦に参加した。

アウリールはその中でも、数少ない勇者と接敵した一人であった。

「しかし、かの勇者と彼はレベルが違うでしょう」

「勇者の方が強かったのか？」

「逆です。ユリア・カーティスはすでに、勇者のレベルを超えています」

「そうか。道理でこちらの策がうまくいかないはずだ」

「えぇ」

ユリアは勇者を超えている。

アウリールはそう判断していた。

「人魔大戦では勇者が現れたことで、こちらは劣勢になりました。最終的には、相討ちになりましたが。しかし、ユリア・カーティスの存在はそんなレベルではない。私の計画は、彼一人によってことごとく失敗させられている」

「ということは、あいつを殺せばいいのか？」

「はい。単純な話でしょう。特異点を殺せば、人類にそれ以上の戦力はいなくなる。ベルティーナ・ライトも厄介ですが、そこはあなたが対処できるでしょう？」

「あぁ。こと、剣技において俺の右に出るものはいない」

「信じていますよ」

目下の目標は、ユリアの殺害。

その特異点を殺すことができれば、魔族側がかなり優勢になる。

ただし、それができなければ——敗北は必至。

実際のところ、魔族側はかなり追い込まれていた。

それも全て、ユリアの活躍によって。
「あぁ。いいですね、この感覚」
アウリールは笑みを浮かべる。
ひりつくような感覚。
これは人魔大戦の時以上のものである。
敗北するかもしれない。
そんなリスクを負った戦いは、彼にとって刺激的だった。
こちらは全て最善を尽くしている。
その上で、相手はそれを上回ってくる。
残念ながら、魔族側に英雄は存在しない。
アウリールはそれを、種族的な問題であると理解していた。
魔族は本能のままに生きるだけ。
全てを喰らい尽くし、世界を征服する。
一方で人間は違う。
彼らは、愛を持っている。
全てがそうではないが、人は愛によって絆を形成して、社会を生み出した。

そこから発展していく世界は、まさしくめざましいものだった。

魔族には社会形成などありはしない。

そこにあるのは、純然たる弱肉強食の世界だけ。

「ふふ」

「楽しそうだな」

「そうですね。自分の手に、全ての命運が握(にぎ)られていると思うと、心が躍(おど)ります」

「理解できない感情じゃない」

「アルフレッドさんも、楽しんでいるのでしょう？」

「そうだな。人間とは、本当に面白(おもしろ)い生き物だ」

「というと？」

アウリールはここは少し、アルフレッドの話を聞いてみようと思った。

「初めて戦った人間は、雑魚(ざこ)だった。俺が剣を一振(ひとふ)りするだけで終わった」

「まぁ、当然でしょう」

「しかし、次に会った人間は一振りでは終わらなかった。そして、人間を次々と殺していくうちに、気がついた」

アルフレッドの言葉は、何かしらの重みがあった。

彼は少なくとも数百年は生きている。

だからこそ、人間に対する思いもまた、その年月だけの重みがある。

「あいつらは、剣技を引き継いでいる。それがのちに、流派と呼ばれていることに気がついた。人間の成長は凄まじい。そして——あの女は、俺に迫ってきている」

「人間は決して個体としては優秀ではありません。戦闘をできる年月も、十年から三十年が限界でしょう。その中でも、全盛期と呼べる瞬間は、本当にささやかな一瞬だけ。そうですよね？」

「あぁ。だが人間は、それでも強くなる。だからこそ、俺は何度でも人間の剣を殺す。そうすれば、俺は永遠に最強でいられる」

アウリールはアルフレッドの言葉に、深く同意する。

だからこそ——人間は面白いのだと。

個で見れば、この世界では弱者なのに、集団になると途端に世界でも屈指になる。

そんな人間のことをアウリールは、正当に評価していた。

「さて、雑談はここまでにしましょう。そろそろ、こちらも動きましょう。仕込みも終わりましたので」

「あぁ」

巨大な肉塊が蠢いている中、その周りには死体が転がっていた。

七魔征皇のうち、二人は倒されて、残りは五人になった。

アウリールとアルフレッドを除けば、三人。

その三人の死体がその場にあったのだ。

アウリールにとっては、七魔征皇ですら駒でしかない。

彼にとって本当の戦力は、アルフレッドただ一人。

そして、その三人が巨大な肉塊に吸収されていくと同時に、尋常ではない黄昏の毒素が世界へと排出されていく。


「きっとこれが――最後の戦いになるでしょう」


アウリールはもうすでに、分かっている。

この先の戦い。

その勝者が、世界の命運を握るであろうと。

人類が勝利するのか。

それとも、魔族が勝利するのか。

その決着は、もうすぐ先まで迫っていた。

翌日になって、本格的に基地の作業に入った。

基地を作るのはもちろんだけど、ここで重要になってくるのは、新魔法である。

黄昏無効化領域（アンチトワイライトフィールド）。

これによって、黄昏の影響（えいきょう）を全く受けない領域を生み出すことができる。

「おぉ！」

「リアーヌ様だ！」

「ということは、新魔法が本当に……！」

すでにこの作戦に参加している対魔師には伝えられているが、新魔法によって黄昏領域を無効化するのも作戦の一部になっている。

リアーヌ王女は厳重な護衛のもとに、この場にやってきた。

本来は、彼女は結界都市から出てはいけない。

結界都市の聖域を守るためには、リアーヌ王女が必須だから。

今回の作戦の一番のリスクは、ここにある。

Sランク対魔師もほとんどが参加し、厳重に周りを見張っている。

同時に、新魔法が発動される。

リアーヌ王女を中心にして、巨大な魔法陣が生成される。

それらは周囲の黄昏を中和していっている。

加えて、参加している他の対魔師たちも、その魔法陣に魔力を注ぎ込んでいる。

これだけ大規模な魔法を見るのは、初めてだった。

それから一時間ほど経過した頃だろうか。

その魔法陣は地面に溶けるようにして消え去っていき、完全に黄昏を無効化できる領域を生み出した。

うん。

これは、レベル2にある駐屯基地と遜色はない。

むしろ、こちらの方が快適と思えるほどだ。

「やった！　魔法で黄昏を無効化できたぞ！」

「ついに！」

「おぉ！」

そんな歓喜の声が上がるのも、当然のことだった。

僕らはついに、魔法だけでこの黄昏に対抗できるようになったのだ。

「ふぅ」

リアーヌ王女は、自分の額の汗を拭っている。

隣にはベルさんが立っていて、リアーヌ王女に話しかけている。

「大丈夫ですか？」

「ええ。問題はないわ」

「後は定期的に魔力を注げばいいのでしょうか」

「そうね。すでに魔法は発動して、この土地に魔法陣を刻み込んである。魔法式そのもののアップデートは必要だけど、しばらくは大丈夫でしょう」

「はい。分かりました」

そんな会話を聞いて、僕はホッとする。

これだけの偉業(いぎょう)に立ち会えるとは。

感動を覚えずにはいられない。

僕は無力なまま、この黄昏の世界に追放された。

あの時の経験は、本当に凄まじいものだった。

けれど、もう人類はあの恐怖(きょうふ)に怯(おび)えなくてもいいのかもしれない。

僕のような存在が二度と現れない。

それは、心から喜べるものだった。

「ひゃー。すごいわねぇ」

「あぁ。マジでやばいな」

エイラ先輩とロイさんがこちらにやって来る。

「まさか、本当に実現するなんて。夢のようですね」

「ええ。これで、人類はもっと土地を有効活用できるようになるわ」

「あぁ。黄昏での作戦も、もっと人数を割(さ)くことができるな」

僕らは、喜んでいる人々を見つめながら、そんな会話をする。

決してこれで終わりなわけではない。

まだ戦いは続くが、今までの苦労や悲しみが――報われた気がした。

黄昏で二年も彷徨って、僕は結界都市に帰ってきた。

そこでSランク対魔師に抜擢され、数多くの任務をこなしてきた。

守れないものはたくさんあった。

それでも、その人の遺志を継ぐことで、前に進んできた。

その到達点が今だった。

本当に無我夢中で進んできたけど、こんなところにたどり着けるなんて。

「ユリア。どうしたの？」

「いえ。ちょっと、感傷的になってしまい……」

「まぁ、無理もないわよね」

「だな。きっと、こんな光景が数年後に実現してるなんて、過去の俺は信じてなかったからな」

そうして、基地は無事に設置された。

そこからレベル2にある基地から、物資などが送られてきた。

きっと、数週間もすれば、物資的にもかなり潤うだろう。

無事に作戦は成功。

僕らは帰還(きかん)することになった。

ただし、この先に待ち受けている苦難を、僕らはまだ知らない。

無事に結界都市に到着(とうちゃく)。

結界都市に戻(もど)ると、すでにそこはお祭り騒(さわ)ぎだった。

今回の作戦は無事に成功して、人類は魔法(まほう)によって黄昏の土地を取り戻すことに成功した。

そんな朗報は、瞬(またた)く間(ま)に結界都市に流れていった。

サイラスさんによる襲撃の反動もあってか、その雰囲気(ふんいき)は凄まじいものだった。

逆に僕らが面食らうほどに、人々は喜んでいた。

でも、そうか。

誰もが好き好んで、閉ざされた世界にいたいわけではない。

本来僕らは、もっと自由な存在なんだから。

青空を取り戻そう。

その思いはもう、夢では無くなっていた。

そんな時、僕らは急に作戦司令部に召集された。

嫌な予感がする。

それは直感ではあるが、嫌な予感ほど当たってしまう。

そして僕らは、休む暇もなく、颯爽と移動するのだった。


作戦司令部に到着。

Sランク対魔師だけではなく、リアーヌ王女もそこにいた。

ただ、室内の空気が重い。

「さて、全員集まりましたね」

凛とした声が響く。

「人類は黄昏の土地を取り戻しました。それも、魔法によって。これによって人類はさらに、黄昏の深部へと行けることになるでしょう。ただし――」

分かってしまった。

きっと、七魔征皇側が何かを仕掛けてきているのだと。

「黄昏の濃度がかなり上がっています。黄昏危険区域レベル5の奥地。そこから大量の黄昏の毒素が振り撒かれ、徐々にこちらに迫っています」

『――!?』

その情報は、僕らを驚かせるには十分だった。

人類は感知魔法によって、黄昏危険区域の黄昏濃度を定期的に測っている。

それがまさか、今まで以上の濃度になっているだって？

仮に、その黄昏が結界都市にまで迫ったら……。

「現在の数値的には、結界都市を突破できるだけのものではないでしょう。ただ、駐屯基地には被害が出る。基地には、結界都市ほどの中和領域はありませんから」

「……」

手放しで喜べることではないと思っていたが、まさかこんなことになるとは。

相手はそれを分かっていて、仕掛けてきた？

でも、こんなことができるのなら、初めからしておけばいい。

それだけで、僕らは身動きが取れなくなるのだから。

「しかし、これはチャンスかもしれません」

リアーヌ王女もまた、気がついているようだった。

「相手はここで、切り札を使ってきた、と私は考えています。これだけの黄昏濃度、できるならずっと前からしておけばいいのです。しかし、今になって仕掛けてきた。相手もまた、これだけのことをするからには、ある程度のリスクなどがあると考えて間違い無いでしょう」

僕は頷（うなず）く。

そうだ。

リスクなしに、こんな芸当ができるわけがない。

仮にこの状態が継続（けいぞく）できるのなら、百五十年の中でやらないはずがない。

僕らには、窮地（きゅうち）に立たされていると同時にチャンスがやってきたのかもしれない。

黄昏とは何か。

いったいどうして、この現象は世界を支配しているのか。

その根本的な原因がついに――分かるのかもしれない。

「黄昏危険区域レベル5。そこは、もっとも黄昏濃度が濃（こ）い領域。研究者たちは、この領域こそが黄昏の発生源だと考えていました。そして、それは裏付けされることになりました。今回の発生源からして、そこから黄昏は発生しているのかもしれない」

つまりは、そこを叩けば――終わるのか？

この残酷で非情な、黄昏の世界が。

「ちょっと待って」

そこで、エイラ先輩が意見を述べた。

「これがブラフって可能性はないの？」

「……あるでしょう。私たちが、この推論にたどり着くのは、相手も分かっているでしょう」

「なるほど。じゃあ、選択肢は二つね」

「はい。相手はこれをブラフとして、私たちを誘き寄せているのか。それとも正真正銘、この圧倒的な黄昏濃度で人類を屈服させるつもりなのか。ともかく、この件に関して私たちが介入しないという選択肢はありません」

そうだ。

たとえ罠だという可能性があっても、僕らは行くしかない。

それにこれだけの規模の出来事で、罠という可能性はあるのだろうか。

もしかして、相手は思ったよりも焦っている。

もしくは、もう戦力を割けるだけのリソースが残っていない。

そう考えてしまうが、希望的観測はやめておこう。

常に最悪を想定して、動くことが重要だからだ。

「今回の件、結界都市にまで侵食が来るのは、一週間はかかるでしょう。駐屯基地への影響となると、四日程度。本日、上層部の方で作戦会議を開き、明日には作戦を開始します」

その言葉を最後に、今回は解散することになった。

いますぐに動くわけにもいかない。

しっかりと作戦を決め、準備をした上で立ち向かっていく必要がある。

もしかしたら——これが最後の戦いになるかもしれないからだ。

僕はそして、自室へと戻っていく。

作戦もあって、疲労感はそれなりに残っているから。

「……」

僕はベッドにたどり着くと、仰向けになって色々と考える。

今回の作戦。

僕はきっと、最前線に送られることになるだろう。

黄昏危険区域レベル5。

それも、今まで以上に濃度が濃い。

Sランク対魔師にしか、対応できない。

それに人類の中では、僕が最も黄昏に適応できている。

人間がそこまでたどり着くことができるのは証明されている。

「それにしても……」

ボソッと声を漏らす。

ここで仕掛けてくるのは、どうしてだろうか。

駐屯基地を設置したことを無意味にしたいのか？

それとも、本当にこれで決着をつけるつもりなのか？

現状、この世界の情報をより多く持っているのは、七魔征皇側だろう。

黄昏の濃度を操作できるということが、その証拠。

僕らは常に後手に回り、対応に追われることになる。

そんな劣勢かもしれない状況で、立ち向かっていくのは——恐怖心がないといえば、嘘になる。

今度こそ、僕は死んでしまうのかもしれない。

死ぬのは怖い？

あぁ。怖いね。

怖いけど、それ以上に僕は——守りたいものがある。

ささやかな日常を送れる世界に。

人々が自由な世界を享受できる世界に。

そんな場所にたどり着くために、僕はこの身を捧げてきた。

もう覚悟なんて、とっくに決まっていた。

戦う。

その末に、僕が倒れたとしても、みんながいるから。

僕は覚悟を抱きながら、安らかに眠るのだった。

◇

「今回の作戦名は、黄昏攻略作戦になります」

翌日になって、僕らは再び召集された。

作戦会議が始まると、リアーヌ王女が作戦名を告げた。

黄昏（トワイライト）攻略作戦か。

その名前からして、もしかして。

「それでは、現状を説明しましょう。昨日から一日が経過しましたが、黄昏濃度はさらに濃くなっています」

「……」

僕はリアーヌ王女の説明を聞いて、やはりかと思った。

これは罠の可能性は低いかもしれない。

これだけのリソースを割くことを、相手はしてこなかった。

今回だけは、相手の気概が違う。

そう感じ取っているのは、僕だけではない。

他の対魔師たちも、緊張（きんちょう）感を持って話を聞いている。

誰（だれ）もが真剣（しんけん）な表情をしていた。

「黄昏危険区域レベル5は既（すで）に完全に汚染（おせん）されました。今回ばかりは、Sランク対魔師であっても、かなり厳しいものになると思います」

「具体的な濃度は？」

「九十を超えます」

「九十……なるほどね」

エイラ先輩は、その答えに対してしみじみと呟く。

基本的に、濃度は八十以上でかなり危険とされている。

対魔師でない人間ならば、すぐに気絶してそのまま目覚めなくなる。

また、Sランク対魔師は黄昏に対する適応力だけではなく、黄昏をある程度は中和する魔法を使うことができる。

九十以上だとしても、戦闘するだけなら問題はない。

ただし、タイムリミットは存在する。

「この作戦では、主に黄昏濃度の上昇の調査。さらには、その原因を可能ならば取り除く作戦になります。ただし――」

リアーヌ王女は少しだけ間を空けた。

その表情は、あまりいいものではなかった。

「今回は、相手も本気ということでしょう。なので、辞退したい対魔師がいても止めることはしません」

「……」

逃げることも、選択肢にあるということ。

それをリアーヌ王女は僕らに伝えた。

「はっ。ここで逃げる奴が、Sランク対魔師なんて、やってるわけがねぇ」

「そうだな」

ロイさんの言葉に対して、ギルさんも深く頷く。

「うん。私はどんな環境でも戦う」

「ま、そうよね」

ベルさん、エイラ先輩も同様である。

他のSランク対魔師たちも、逃げることはないと言葉にした。

「はい。僕らはやっとここまで来ました。今更、逃げることなどあり得ません」

僕は毅然とした態度で、応じる。

ここまで来て逃げる？

そんなわけには、いかない。

むしろこれは、チャンスなのだから。

「……分かりました。すみません、あなた達には言うべき言葉ではなかったですね」

リアーヌ王女も分かっている。

これからの作戦、誰かが死ぬことになるかもしれないと。

それを考慮して、言ってくれたのだろう。

その優しさが理解できないほど、僕らは鈍感ではなかった。

「では、今回の調査隊のメンバーを発表します」

ついに黄昏危険区域レベル5に向かうメンバーが発表された。

「ベル、エイラ、ロイ、ギル——そして、ユリアさんの五人になります。また、Aランク対魔師も何人か同行する予定です」

予想通りのメンバーだった。

Sランク対魔師の中でも、最前線の経験が豊富なメンバー。

必然として、こうなるのは分かっていた。

「他のSランク対魔師は、バックアップになります。今回の騒動に乗じて、また結界都市を襲撃してくる可能性は大いにあります。人類側も、これだけの戦力を外に割くのは非常に危険ですが……リスクを負わなければ、いけない時なのです」

そうだ。

リスクなしには、何も得ることはできない。

　僕らの戦いは、いつだってそうだった。

「さて、今回の黄昏の発生原因は、レベル5にあると分かっています。ただし、レベル4は山岳（さんがく）地帯になっており、そこを数日で越えるのは難しいでしょう。黄昏濃度がかなりの速度で進行していることから、迅速（じんそく）に原因を取り除く必要があります」

　その話だけ聞けば、絶望的なものである。

　単純に言ってしまえば、原因を取り除く前に時間切れになってしまう。

　レベル4は確かに、山が多くて進んでいくだけでも一苦労になる。

　それは、過去に経験している僕だからこそ、分かることだった。

　あの時は必死に進んでいたけど、あの山を越えるのは本当に大変だった。

「そこで、あなた達には転移魔法で一気にレベル5に向かってもらうことになります」

「転移魔法？」

　エイラ先輩が不思議そうな顔をするが、それも無理はない。

　転移魔法は、実用されていない魔法。

　過去に失われた魔法であり、現代で使い手はいないとされている魔法である。

「こちらは、サイラスレポートに詳（くわ）しい魔法式が掲載（けいさい）されていました。おそらくは、七魔征皇が使用しているのを目撃（もくげき）して、解読したのでしょう」

サイラスさんの残していったものは、確かに今の僕らのためになっている。

人類に絶望した彼ではあるが、人類のために尽くそうとしていたことには、変わりはない。

「私の方でも何度か実験をしましたが、実用ベースになります。まだ使用できるのは私のみですが、発動は可能です」

「ということは、一気にレベル５に行けるということでしょうか？」

「はい。そうなります」

それは朗報と言っていいだろう。

僕らに残っている時間は僅(わず)かだと思っていたけど、そうなってくると話はまた違ってくる。

「ただし、まだ私の転移魔法はピンポイントで場所を選択(せんたく)できません。大雑把(おおざっぱ)なものになります。その際、移動した先に魔物(まもの)が待っている……という可能性は十分にあり得ます」

「だが、レベル５にはすぐに移動できるんだろう？」

ロイさんはリアーヌ王女にそう尋(たず)ねる。

「はい。大まかな座標指定は可能です」

「なら、問題はない。お姫様(ひめさま)に任せて、俺(おれ)たちは乗り込むだけだ。だろう？」

全員に同意を促す。

僕らはそれに対して、頷いて肯定を示す。

その魔法があれば、時間は大幅に短縮できる。

黄昏が大量発生している原因を取り除くことだって、現実的になってくる。

「ただし、戻って来るときには発動はできません。あくまで、私がその場にいないと、無理なので……」

とても悲しそうな表情をしていた。

つまり、僕らはただその場所に送られるだけ。

完全に片道だけの移動手段。

往復とも転移魔法で移動できればいいが、そんな贅沢なことは誰も考えていなかった。

「大丈夫です……私たちは、必ず帰ってきますから」

ベルさんの言葉は、説得力のあるものだった。

僕らはどんな作戦であっても、無事に帰ってきた。

今回もそれと同じである。

「それに、ユリアがいるでしょう？　ユリアは黄昏で二年も彷徨っていた経験もあるし、仮にサバイバルになっても大丈夫でしょう。ね、ユリア」

「はい。記憶は乏しいですが、生存するだけなら大丈夫かと」

「ね。だからリアーヌは、そんな深刻な表情をしなくてもいいの。安心して、私たちに任せなさい」

「そう……ですね」

リアーヌ王女は、意識を完全に切り替えたのか、表情が元に戻る。

「こほん。それでは、さらに詳細に関してですが——」

作戦会議はその後も続いたが、作戦開始は明日の早朝ということになった。

これは時間との戦い。

もしかしたら、黄昏の根源をどうにかできるのかもしれない。

そんな戦いになった場合は——死闘になるのを、免れることはできない。

それでも、僕らはもう止まることはできない。

そして、解散となってから、僕はある場所に向かうことにした。

◇

この場所は閑散としていた。
目の前に並んでいるのは、数々の墓。
すでに役目を終えた対魔師達が、眠っている場所だった。
僕は今まで知り合った対魔師達に、献花する。
そっと優しく、慈しむように。
こうして墓地に来るのは、初めてではなかった。
この場所は確かに、悲しみに満ちている。
幾度となく、人々の涙を見てきた。
それでも僕は、ここで眠っている人たちが、自分を送り出してくれている。
そんな感覚を覚えていた。
「これで、最後か」
最後にやって来たのは、サイラスさんの墓地だった。
刻まれている墓碑銘は、まだ新しい。
あの戦いの記憶は、まだ鮮明に覚えている。

どちらの正義が正しいのか。

サイラスさんに言わせてみれば、結局は僕の方が正しいことになっている。

勝った方が正義なのだから。

でも僕は、そう思えなかった。

僕は自分の全てが正しいとは思わない。

間違う時だって、あるのだから。

だからこそ、その時の最善を尽くして僕は戦う。

そうやって進んできた。

きっと、僕の正義とやらが証明されるのは、ずっと先の未来なのだと思う。

その確かな未来のためにも、僕は今を懸命に生きる。

そう誓っている。

「サイラスさん。また新しい作戦が始まります」

「……」

もちろん、返答はない。

けれど僕は、語りかけることをやめなかった。

「あなたが残したものによって、人類はさらに進みました。そして、黄昏攻略作戦でもあなたの残したものが使われます」

サイラスさんが残した情報。

それに、魔法の数々。

感謝しても、しきれないものである。

「あなたは人類に絶望した。だから、悪とされる人間を粛清しようと試みた。感情的には、理解できない話ではありません。でも僕は、それでも人の善性を信じます。今だって人類は、変わり続けているのですから」

僕はそっと花を添えてから、立ち上がった。

「また来ます。そうですね、次は——いい報告ができるように」

僕がちょうど墓地から出て行こうとした時、そこにはリアーヌ王女とベルさんが立っていた。

二人もまた、両手に花を持っている。

「ユリアさん」

「リアーヌ王女。ベルさんも、献花ですか？」

「はい。大きな作戦の前は、こうすることを習慣にしていますので」

「そうですか。では、僕は失礼して——」

「あ、あのっ！」

僕が歩を進める前に、リアーヌ王女が声を上げた。

「なんでしょうか？」

「この後、お時間ありますか？」

「あぁ。いつもの味見ですか？」

「いえ。ちょっとした、お話です」

僕の様子を窺っている様子。

特にこの後の予定もない僕は、それを了承する。

「分かりました」

「ありがとうございます」

僕は二人の献花に付き合ってから、リアーヌ王女の話とやらに付き合うのだった。


「どうぞ」

「ありがとうございます」

リアーヌ王女の自室にやってくると、彼女は紅茶を淹れてくれた。

また気がつけば、ベルさんはいなくなっていた。

「ベルも話したい人がいるそうで」

「なるほど」

それから、しばらくの間、沈黙が続いた。

何かを話したがっているのは分かったけど、僕は急かすようなことはしなかった。

「あはは。なんだか、その。緊張しちゃって」

「緊張、ですか？」

「はい。こんな時、どんな言葉をかければいいのかと、思いまして」

作戦に参加する僕に対して、彼女なりに思うところがあるのかもしれない。

「私はずっと、怖かった」

まるで語るように、リアーヌ王女は話を始めた。

「いつか帰ってこなくなるかもしれない。私が享受していた日常は、無くなってしまうかもしれない。でも、できることは作戦を立てて、待つことだけ」

「……」

僕は黙って、話を聞く。

それが今の僕のすべきことだろう。

「ユリアさんには、そのことを話したことがあります、でも、あの時はすごく悲しい気持ちのままでした。悲観的になって、あなたにそれを押し付けて」

「いえ、そんなことは」

「優しいあなたは、そう言ってくれます。だから、私も甘えたままでいるのは、やめます」

その顔は、少しだけ晴れやかなものになっていた。

真剣さは残しつつも、笑っている。

「だから、私は待っています。あなた達が帰って来る場所を、作って」

「はい」

「それに、お菓子もまだまだ食べてもらわないと」

「あはは……それは、まぁ。ちょっと加減してもらえると、嬉しいです」

「ふふ。そうですね」

僕らは互いに、笑みを浮かべた。

今ここに、悲しい雰囲気などありはしなかった。

「これ、お守りです」

「これは？」

僕はリアーヌ王女から、十字架を渡された。

微かに魔力が漏れているが、なんだろうか。

「ちょっとした、魔除けの効力のあるものです。どうか、無事に帰って来てください」

「はい。ありがとうございます」

僕は受け取った十字架を、ポケットの中にしまった。

「それでは、僕はこれで」

立ち上がる。

そして部屋を出る時、リアーヌ王女が僕の袖を掴んできた。

「？　どうかしました？」

「あの……帰ってきたら、お話ししたいことがあるのです」

「今の話ではなく？」

「はい。別の——とても大切なお話です」

上目遣いで僕のことを見つめている。

顔は微かに赤くなり、瞳は潤んでいた。

「分かりました。帰って来た時に、お聞きします」

「はい。よろしくお願いしますね？」

ニコリと微笑むリアーヌ王女を後にして、僕は王城から出ていくのだった。

◇

なんとなく、すぐに帰る気はしなかった。

僕が遠回りをして帰ろうと思った時に、ちょうどシェリーの姿が見えた。

「シェリー？」

「あ！　ユリアじゃない」

小走りで僕のもとに近寄ってくる。

ちょうどここは、軍の作戦司令部が近い場所である。

ここにいる人間といえば、対魔師ばかりである。

もしかして、シェリーは呼び出されていたのだろうか。

「明日、作戦なんでしょう？」

「あれ、まだ公表はされていないはずだけど」

今回の作戦が公表されるのは、明日のはずだ。

知っている人間は、参加する人間などに限られる。

つまりは、そういうことなのか？

「もしかして——」

「ええ。私も、参加することになったの」

驚くのも無理はなかった。

確かに、Aランク対魔師が何人か参加する、という話は聞いている。

でもまさか、そのうちの一人がシェリーになるなんて。

「実は、ユリアと七魔征皇を倒したことが、すごく評価されたみたいなの」

「そうか……なるほど」

僕はあの戦闘に関して、レポートでシェリーの助けが非常に素晴らしいものだった、と残している。

決して、友人だから誇張しているわけではなく、シェリーがいなければ僕はもっと苦戦していただろう。

そのことが、まさか今回の作戦に繋がって来るなんて。

「ふふ。やっと正式に、ユリアの隣に立つことができるね？」

「そうだけど、作戦の概要はもう聞いているの？」

「ええ。もちろん」

「そっか。それでも、参加するんだね」

「そうよ。言ったでしょう？　もう私は、待っているだけじゃないって」

「……そうだね」

今回の作戦はかなり厳しいものになる。

抜擢されたからといって、手放しで喜べるものではない。

死の覚悟をしなければ、参加などできない。

でも、シェリーにはそんな様子はないようだった。

むしろ、気概に溢れているようである。

「シェリーは大丈夫なの？　今回の作戦は、何が起こるかわからない」

「そうね。でも、ユリアもいるし、先生もいる。エイラ先輩もいるし、頼りになる人たちがたくさんいるわ。それなのに、不安になるのは失礼じゃない？」

「それは、確かにそうだね」

言われてみれば、同意できるものだった。

けどそれは、シェリーが誰よりも仲間を信頼して、確かな強さを持っているからだ。

成長している。

僕はそれを実感していた。

「よし！　明日からもっと頑張るわよ！」

シェリーは決して悲観していない。

むしろ、明日の作戦を心待ちにしているようである。

全く、この姿勢は見習わないといけない。

「うん。頑張ろう、シェリー」

僕はそっと、右手を差し出した。

「ええ」

シェリーはそれに、しっかりと応じてくれた。

「それにしても……また、リアーヌ王女のところに行っていたの？」

「え⁉」

見られていたのか？

いや、そんなことはあり得ないはず。

シェリーは先ほどまで、作戦司令部にいた。

見られることなど、あり得ない。

「リアーヌ王女の甘い香水の匂いがするのよねぇ」

「そ、そうなの？」

「えぇ」

じっと、半眼でシェリーは僕のことを見つめてくる。

「決めた！　ユリア、帰ってきたら、話があるわ」

「話？」

「うん」

「今じゃダメなの？」

「ダメよ」

「そっか」

なんだか、シェリーは気持ちが吹っ切れているような……そんな気がした。

そんなやりとりがありつつ、僕らはついに——作戦当日を迎えるのだった。

第四章　黄昏の真実

作戦当日になったが、僕らが集合しているのは、いつもの正門ではない。

現在は、聖域に集まっている。

なんでも、ここが一番魔力の循環がいいらしい。

今回の作戦に参加するメンバーが全員集合する。

「シェリー。作戦に参加するのね」

「はい。エイラ先輩、よろしくお願いします」

シェリーが先輩に挨拶をしている。

まぁ、確かに。

シェリーが参加することになるなんて、思っても見なかった。

「ふぅん。あのシェリーがねぇ」

「えっと。ダメでしたか？」

「ううん。人の成長って早いなって思って。きっと、たくさん努力したんでしょう？　一緒に頑張りましょう」

「はい！」

やはり、先輩は先輩だ。

どこまでいっても、それは変わらない。

「スゥ――ハァ――」

その中で一人、かなり集中している人がいた。

それはベルさんだった。

今回の任務の重要性、さらには――七魔征皇と邂逅することだって、十分にあり得る。

いや、むしろそれは必然になるかもしれない。

相手がここまで仕掛けてきて、何もしないことはあり得ない。

「ベルさん」

「ユリアくん。準備はいい？」

「はい」

「思えば、ユリアくんはずっと変わらないね」

「変わらない、ですか」

「うん。出会った時からずっと、まっすぐなまま」

「ベルさんだって、そうですよ」

「そう？」

「はい」

僕は信じている。

ベルさんが復讐に引き込まれるような、人ではないということを。

きっと彼女なら、全てを乗り越えていくだろう。

「みなさん、集まりましたね」

リアーヌ王女の声が、この空間の中に響く。

「では、転移魔法によってみなさんを黄昏危険区域レベル５へと飛ばします」

『はい』

全員の声が重なる。

ついに、作戦が始まることになる。

黄昏危険区域レベル５。

そこはどんな世界が広がっているのだろうか。

僕の記憶と同じか、それとも別のものになっているのか。

ともかく、黄昏濃度がさらに濃くなっている区域であるからには、十分に用心しなければならない。

それに今回は、駐屯基地も近くにはない。

今まで基地があるからこそ、多少の無茶も問題はないと判断されていたが、今回は全てが異なる。

助けを求めようにも、レベル3の基地まではかなりの距離がある。

迅速な救助などは、期待できないだろう。

「それでは、この魔法陣の中に入ってください。早速、始めます」

僕らは続々と、その魔法陣の中へと入っていく。

緊張感がないといえば、嘘になる。

今まで以上にここには、張り詰めた雰囲気が漂っている。

もしかしたら、死んでしまうかもしれない。

そんな予想は誰だってしている。

けれど、誰かがやらなければならないんだ。

「始めます」

スゥ、と息を吸ってからリアーヌ王女は転移魔法を発動した。

この魔法はすぐに発動できるものではなく、ある程度の時間を必要とするらしい。

そして、徐々に周囲が霞んできた。

周りには黄金の粒子が舞い散り、僕らはリアーヌ王女の魔力で包まれていく。

そして――。

「健闘を祈ります。どうか、無事に帰ってきてください」

その声を最後に、僕らはこの場から消え去っていくのだった。


「うおっ！」

「おっと」

「きゃっ！」

僕らは唐突に、この世界に放り出された。

高さはそれほどでもないが、実際に転移で移動するのは、なんだか不思議な感覚だったと思う。

今となっては、その感覚もあまり覚えていない。

とても不思議な体験だった。

まずは全員の生存を確認して、僕らはじっと辺りを見回す。

「これは……」

「かなりの濃度ね」

「あぁ。こいつは、あまり長居するとヤベェな」

Sランク対魔師であっても、そう思ってしまうほどの濃度。

確かに、今まで以上に濃い。

「ユリアくん。昔とは違う？」

ベルさんの問いに対して、僕は所感を述べる。

「はい。圧倒的な濃度です。僕が放浪していた時には、これほどの濃度はありませんでした」

「そう……やっぱり、人為的に黄昏の濃度を上げている可能性が高いね」

「はい」

隊列を組んで、僕らは進んでいく。

ここでは植物なども完全に黄昏に侵食されてしまっている。

かろうじて生きてはいるが、いずれは朽ち果ててしまう。

そんな世界が、僕らの前には広がっていた。

「早速、お出ましのようね」

魔物たちがゾロゾロと現れる。

全身は完全に黄昏の刻印があり、纏(まと)っている魔力の量も桁違(けたちが)いだ。

僕らは早速、戦闘(せんとう)を開始する。

「ハアアアア！」

戦闘は問題なかった。

いくら黄昏で強化された魔物だからといって、Ｓランク対魔師たちに敵(かな)うほどではない。

それに、シェリーたちAランク対魔師の人たちも、問題なく戦えていた。

やはり、問題は魔物ではなく、この黄昏という現象をどうにかしないといけない。

僕らが目指すのは、その発生原因となっている場所だった。

その場所は、探すまでもない。

対魔師であれば、誰(だれ)でも感じ取れる。

ここから数キロ先に、その原因が眠(ねむ)っている。

誰もが、心の中で思っていることだろう。

もしかすれば、あそここそが黄昏の根源なのかもしれない、と。

「黄昏の原因。ついに、そこにたどり着けるのかしら」

現在は隊列を組み、僕とエイラ先輩が後衛を担当している。

「その可能性は、高いと思います」

「黄昏の原因。今まで明らかになって来なかったのは、こんなところまで調査ができなかったから。でも今回は――」

「はい。今回の作戦で、明らかになるかもしれませんね」

「やっと私たちは、こんな世界から解放されるのかしら」

「そうなるように、頑張りましょう」

「そうね」

そんな会話を挟みつつ、僕らはたどり着いた。

その黄昏の根源とも呼べる場所に。

「やっぱり、しっかりと防衛はしているみたいだね」

ベルさんが声を漏らす。

そこは洞窟だった。

ただし、ただの洞窟ではない。

その中からは、大量の黄昏の毒素が吐き出されている。

間違いなく、この中に——ある。

黄昏の原因となっている、何かが。

「魔物——どうしようか」

ヒュドラに、キマイラ。

それにグールなどの魔物が待ち受けている。

その数も質も、今までとは比較にならない。

が、今回の作戦は時間に問題がある。

ここで全員で戦って消耗し、時間をいたずらに消費してはいけない。

「ここは、俺たちに任せておけよ」

「あぁ。そうだな」

そう言ったのは、ギルさんとロイさんだった。

「ベル。ここは俺たちと、数人のAランク対魔師でどうにかする」

「でも——」

「考えろ。集団戦を得意としている、俺とロイが適任だ。それに、この中でも最大火力を出せるお前とユリアは、個人戦の方が得意だろう？　この洞窟の規模で、それほど大量の魔物がいるとは思えない。だから、行ってこい」

「……分かった」

ギルさんとロイさん、それにAランク対魔師の人たちに任せて、僕らは先に進むことになった。

「オラアアアアアア！」

「ふんっ！」

ロイさんの衝撃波を利用した魔法。

それとギルさんの大剣による衝撃波。

それによって、魔物の間にわずかな隙間ができる。

「今しかない！　みんな、行くよ！」

『はい』

僕らは仲間にこの場を任せて、さらに深部へと進んでいくのだった。

◇

「行ったか」

「あぁ」

ギルとロイ。それに、数人のAランク対魔師たちは、魔物の群れに囲まれていた。

「さて、どうするおっさん」

「俺たちもこいつらを撃破して、後で追いつく。だろう?」

「ハハハ！　違いない！」

決して臆することはない。

しかし、魔物たちはさらに溢れかえってくる。

その数は優に——百を超える。

それだけの魔物を相手にして、恐怖しない者はいない。

「オラアアアアアアア！」

けれど、ロイは違う。

彼は先陣を切って、魔物の中へと突っ込んでいく。

彼の魔法は衝撃波を操る魔法。

魔物に触れ、その内部に魔力による衝撃波を流し込む。

すると、パチンと音を立てて、魔物は炸裂していく。

また、衝撃波を広範囲に展開することによって、防御も可能になる。

ロイの魔法は、集団戦において最も適している魔法と言っても、過言ではない。

「ふん！」

逆にギルは、大剣による戦闘を得意としている。

圧倒的な身体強化と膂力による一振り。

その攻撃は一対一ならば容易に避けられてしまうが、この混戦の中ならば、その大ぶりの攻撃は当たる。

何十匹もの魔物を巻き込んで、ギルは大剣で切り裂いていく。

「俺たちも続くぞ！」

「あぁ！」

「ええ！」

今回の作戦に抜擢された、Aランク対魔師たちも、それに続く。

伊達にこの作戦に抜擢されたわけではないし、酔狂で参加したわけでもない。

Sランク対魔師ほどの力はないとしても、その覚悟だけは同じだった。

人類のために戦う。

たとえ、この場で朽ち果てるとしても。

全員の思いが重なり、戦闘はさらに激化していく。

「ハハハ！　終わらねぇな！」

「あぁ」

「おっさん。最長戦闘時間は？」

「過去の大暴走の際、五時間ほど連続して戦った」

「はは。なら、今回はそれを楽に越えそうだな」

「あぁ。そう、だな！」

戦闘をしながら、会話をする。

普通はそんな余裕はないが、こうして話をするほどには、ロイとギルはある程度の余裕を残していた。

「さて、一緒に地獄でも見るか」

「あぁ。そうするか」

この先の戦いは地獄になる。

それが分かっていても、逃げるものなど一人もいない。

この戦いはきっと、大きな節目になる。

それに、先に進んでいった仲間のためにも、ここで魔物を食い止めなければならない。

そんな覚悟を持って、彼らは戦い続けるのだった――。

◇

洞窟の中は、想像していたものとは違った。

真っ白な外壁に、灯りまで備わっている。

明らかに手が加わっているこの場所は、人間が住んでいる場所とそれほど違いはない。

むしろ、ここは王城に近い感覚を覚える。

唯一違う点は、この黄昏である。

濃度はさらに濃くなっていき、魔力で自分を覆わないといけないほどに。

「この場所、すごく人工的な場所ね」

「うん。七魔征皇たちも、人間と同等の技術を持っているに違いないね」

「そうね。それにしても、思ったよりも長いわね」

「それに、魔物も出てこない。もしかして、外にいるものだけ？」

「その可能性はありそう」

エイラ先輩とベルさんが現状について話す。

一方で僕は、隣にいるシェリーに話しかけるのだった。

「シェリー。大丈夫？」

「ええ。問題ないわ。これぐらいの濃度でも、自分の身を守ることはできるから」

シェリーのことをある程度知っている僕は、感嘆する。

過去のシェリーであれば、これだけの黄昏を魔力で防御することはできない。

でも今は、戦闘ができるだけの労力を確かに残している。

成長しているのは、気持ちだけでも、覚悟だけでもない。

しっかりとした実力が、シェリーには備わっている。

しばらくそのまま進んでいくと、僕らは広い空間に出てきた。

外壁に魔法陣のようなものが刻まれており、この空間の異質さを演出していた。

その先に——誰かがいることに、僕らは気がついた。

地面に胡座をかいて座っていた存在は、ゆっくりと立ち上がった。

「来たな」

腰には長い剣を差している。

知っている。

こいつは、七魔征皇の一人であるアルフレッド。

そして、ベルさんの師匠とクローディアさんを殺した張本人である。

瞬間。

途轍もない殺気がベルさんから溢れ出す。

ベルさんはゆっくりと歩を進めて、アルフレッドと対峙する。

「やっと、やっとたどり着いた」

「ふ。どうやら、アウリールの予想よりも、早かったようだな。何か特殊な魔法でも使ったか？　こっちとしては、タイムオーバーでも良かったんだが」

「嘘をつくな。お前の目は私との対峙を待っていたようにしか思えない。同じ剣士として、それだけは分かる」

「ははは。流石に、お見通しだったか」

僕らはその会話を、ただ聞いておくことしかできなかった。

「みんな。ここは私に任せて。絶対にこいつだけは——殺してみせる」

殺してみせる。

そんな表現を使うベルさんは、初めてだった。

いつもは冷静沈着。

言葉にするよりも前に、ベルさんは相手を屠っていた。

でも今は、そんなことはない。

全身から殺意を放ち、アルフレッドという個体しか目には見えていない。

「全員でかかってきてもいいが、アウリールも待っている。進みたいやつは、進むといい。

俺はこの剣士と戦えれば、それでいい。人類の到達点、見せてもらう」

ベルさん以外の僕らは顔を見合わせる。

すると、エイラ先輩がある提案をしてくる。

「ユリア、シェリーは行きなさい。私は残るから」

その言葉に、ベルさんが反発する。

「エイラちゃんも行って。こいつとの戦いは、任せて」

「念の為よ。邪魔はしないから」

「……分かったよ」

ベルさんは渋々了承してくれたようだった。

「では、僕らは先に行きます」

「先生、先輩。どうか、ご無事で」

僕らはそうして、さらに深部へと進んでいく。

去り際。

僕は改めて、ベルさんの顔を見た。

怒(いか)りに染まり切っている表情。

でも、エイラ先輩は任せて欲(ほ)しいというアイコンタクトを送ってくる。

そうだ。

先輩に任せておけば、心配することはない。

僕はそう信じて、歩を進めるのだった。

◇

やっと、やっとこの時がやってきた。

私はただただ、この瞬間を待ち望んでいた。

「その日。殺意に満ちているな」

アルフレッドは淡々とそう言った。
もう私は、自分を制御できそうになかった。
ここまで来るのに、どれだけの犠牲を払ってきたのか。
数えることもできないほど、仲間たちとの別れを経験してきた。
私はずっと、無口な子供のままだと思っていた。
でも剣を極めていくにつれて、それ相応の責任を負うことになった。
そして、気がつけば人類最強の剣士と呼ばれていた。
本当に最強なのか、私はそんな疑問を持たずにはいられない。
私の剣はいつだって、師匠の真似事だった。
あの閃くような剣技に、私は辿り着けたのだろうか。
私にはまだ分からない。
けれど、この感情だけは本物だ。
殺す。
こいつが、師匠とクローディアの仇なんだ。
私の大切な人を奪っていった。
それだけは許せることではない。

目の前で大切な人を失い、理性を保つのがやっとだった。

その理性ももう、今は必要ない。

私はそっと、剣に触れる。

「ベル」

「大丈夫。私がやるから」

エイラちゃんは残ってくれたけど、本当はユリアくんたちと一緒に行って欲しかった。

「……大丈夫なのよね？」

「うん」

ただ反射的に答えているだけ。

私はこの時、エイラちゃんが言っている言葉の意味が分かっていなかった。

こいつだけは殺す。

頭の中は、それだけで一杯（いっぱい）だった。

「復讐の剣か。感情が魔力（まりょく）や身体能力の底上げになることは、否定しない。だがしかし――

――」

戯言（たわごと）をほざいているアルフレッドの眼前に、私は迫（せま）っていた。

抜刀（ばっとう）。

首を狙った私の剣は、容易に防がれてしまった。

「奇襲も良し。ただし、殺気で全て丸わかりだがな」

「くっ……！」

まるで全てを見透かしているような目だった。

許せない。

自分が上だと見せつけている感覚。

そんなことはない！

私は、私は最強の剣士なんだ！

師匠を超えて、ここでみんなの雪辱を果たすんだ！

そんな気持ちとは裏腹に、私は自分の剣が徐々に鈍っていくのを、感じてしまった。

「この程度なのか？」

「く、ううう！」

膂力で押し切られてしまう。

私は昔からずっと分かっていた。

女であるという、弱点を。

どれだけ努力しても、どれだけ鍛えても、男女には肉体的に明確な差が存在する。

相手が魔族であれば、なおさら。

力という勝負において、私が届くことはない。

でも、そんな理由で、負けるわけにはいかない！

「ぐ、ぐうううううう！」

鍔迫り合いになる。

私は自分の全ての力をもって、相手を斬り伏せようとする。

「あんまり、がっかりさせてくれるな。人間の剣士よ」

「きゃ――――」

思い切り弾き飛ばされてしまい、私は壁に叩きつけられた。

パラパラと砕けた壁のカケラが降ってくる。

まだ。

まだこんなところで、負けるわけにはいかない。

「ベル」

エイフちゃんの声が聞こえてきたけど、答える余裕はない。

もっと殺意を。

もっとこの黒い感情を。

そうすれば私は、もっと強くなれる。

瞬間。

自分の頬に鋭い痛みが走った。

「え？」

決してアルフレッドの攻撃ではなかった。

そこには、涙目になっているエイラちゃんがいた。

そう。

私は、エイラちゃんに頬を叩かれたのだ。

ジンジンと響くこの痛みで、我に返る。

「ベル。あなたは今まで、全て復讐のために剣を執ってきたの？」

私は——復讐のために剣を握ったのか。

「あなたは今、何のために戦っているの」

「それは——」

「個人的な感情を満たすために、戦っているの？」

「そんなことは——」

「復讐を否定はしない。でもあなたの剣は、それだけのために極めてきたものではないでしょう？」

「……」

ふと、記憶が蘇る。


「なぁ、ベル」

「はい。なんでしょうか、師匠」

「お前の剣は、綺麗だな」

「綺麗？　師匠と比較すると、力のない剣ですが」

「それは当たり前だろう。経験も違うし、俺とお前は性別も違う」

「私も、男だったら……」

「あほたれ」

「いたっ！」

「力がない。なら、極めるのはそっち方面じゃないってだけだ」

「技術ですか？」

「あぁ。お前はそれを、本能的に分かっている。だからその剣は流麗で、綺麗なんだ。まるで流れていく水のように、お前の剣は滑らかなんだ」

「なるほど」

「ま、お前はお前の剣を極めろ。決して——俺の背中を追いかけるだけでは、たどり着けない領域がある」

あぁ。

そうだ。

私は忘れてしまっていた。

私の剣とは、力で押し切る剣ではない。

全てを受け流す、流麗とした剣技。

その本質というものを、今までの忙殺(ぼうさつ)された日々の中で忘れてしまっていた。

私は弱い。

師匠のことを思いつつも、そんな大切なことも忘れてしまっていた。

向き合うことを恐(おそ)れてしまっていた。

「エイラちゃん。ありがとう」

感謝を述べる。

あのまま戦い続けていれば、私は負けていた。

それはよく分かる。

感情に飲まれてしまった剣は、鈍る。

剣に必要なのは、研ぎ澄まされた感覚のみ。

いや、剣と一体化する。

それこそが私の理想とする剣の形。

感情はいらない。

復讐もいらない。

純然たる剣戟の前では、そんなものは些事である。

「エイラちゃん。私はみんなのために、人類のために戦う。そんな当たり前のことすらも、忘れてしまっていた」

「もう、大丈夫なの？」

今度こそ、私は間違えない。

もう逃げない。

立ち向かう。

誰かの背中を追い続ける人生ではなく——。

私は——自分の人生を、この剣で切り拓く。

ゆっくりと、そして悠然と立ち上がる。

見据える先は、アルフレッドのみ。

「もういいのか？」

「そっちこそ、待っていて良かったの？」

「万全ではない剣士とやり合っても、つまらないだけだ。俺は自分の剣を極める。そのためには、最高の相手が必要となる。人間とは、面白いものだな」

「？　何を言っているの？」

私はここにきて初めて、アルフレッドを一人の剣士として認識し始めていた。

「どれだけ倒しても、人間は立ち向かってくる。それも、個体は決して同じではない。だというのに、その剣は徐々に高みへと昇ってきている。あぁ。これほど、心が躍ることはない」

「人類を滅亡させる。それが、あなたたちの目的でしょう？」

「俺は違う。俺は純粋に剣を極めるだけ」
「そう。なるほど」
理解してしまった。
彼は人間を愉悦で殺しているわけではない。
純粋に剣を極めるために、殺している。
この殺し合いという場においてこそ、剣は磨かれていく。
決して一人ではたどり着けない領域である。
アルフレッドは、きっと数百年もそうして剣を極めてきたのだろう。
私はやっと、相手の剣と向き合うことができた。
ただ理解できるからといって、馴れ合うつもりはない。
こいつはここで殺す。
人類の勝利のために、それは必要不可欠。
けど今はその感情を、ぐっと奥底に沈める。
もっと鋭く。
もっと速く。
今必要なのは、剣になることだけ。

「さぁ——来い。人類最強の剣士よ。俺はことごとく、お前の全てを凌駕（りょうが）し、否定してやろう。この圧倒的な力の剣で」

立ち向かう。
恐れはない。
怯（ひる）みもない。
私は人類最強の剣士——ベルティーナ・ライト。
どんな敵が相手であっても、斬り捨てるだけだ。
師匠。
クローディア。
それに、みんな。
私はみんなのために、この剣を執るよ。
どうか青空の果てで、見守っていて欲しい。
「——ベルティーナ・ライト。推（お）して参る」

◇

「途端(とたん)に、暗くなってきたわね」

「うん」

ついに僕(ぼく)とシェリーだけになってしまった。

仮にこの先に、大量の魔物がいたとしたら、かなり厄介(やっかい)だろう。

僕もシェリーも集団戦闘に特化しているわけではないから。

けど、この先からは魔物の気配はしない。

ただただ、圧倒的な黄昏(たそがれ)の毒素が振(ふ)り撒(ま)かれているだけ。

その濃度は、さらに濃(こ)くなっていく。

「ユリア……」

「うん。分かってる」

微(かす)かに見える光。

僕らはついに、その根源とも呼べる場所にたどり着いた。

初め見えたのは、巨大な塊。

その前に、立っている人影。

ドクン、ドクンと鼓動を打っているように見える塊。

明らかにそこから、黄昏が放出されているように見える。


「あぁ。思ったよりも——早かったですね」


僕らの存在に驚くことはなく、むしろ全て分かっていたかのように、彼は言葉を発した。

七魔征皇の一人である——アウリール。

ついに僕らは、黄昏の深奥にたどり着いた……のかもしれない。

「どうですか、ついにあなたたちは、黄昏の真実を目にしたのです」

「真実？」

「ええ。まぁ、見ただけでは理解できないでしょうが」

僕とシェリーは、臨戦態勢を取る。

ここでいきなり攻撃を仕掛けてくることも、あり得ないことではない。

「あぁ。まだ攻撃はしません。まずは、この退屈を紛らわせるために、会話をしましょう。

せっかく、言語があるのですから、コミュニケーションを取らない理由がありません。それに、知りたいでしょう？　この黄昏の原因を」

「……」

どうやら、嘘は言っていない……と思う。

「時間稼ぎではありませんよ。完全に黄昏が浸透するまでは、まだまだ時間がかかります。話をする程度の時間は残されているでしょう」

分からない。

相手が何を狙っているのか、全く分からない。

「ユリア。どうするの？」

「ここは、黙って聞こう」

「いいの？」

「うん。嘘は言っていないし、相手はまるでこの状況を楽しんでいるように思える」

そう。

ずっとあった違和感は、それだった。

僕らは敵意を剥き出しにしている。

いつ戦いになっても、困らないように。

　一方でアウリールはといえば、敵意は全く感じられない。

　思い返してみれば、相手は僕らに対して敵意を示したことはなかった。

　純粋に言葉を投げかけているだけ。

　僕はそこに、不気味さを覚えていた。

「楽しんでいる？　あぁ。その通りですね」

「お前は人類に憎しみはないのか？」

「いえ、特には」

『……』

　僕とシェリーは、呆然とするしかなかった。

　七魔征皇のトップであり、黄昏の原因となっているものが、ここにはある。

　人間と魔族の戦いは、数百年も続いている。

　僕らは魔族に憎しみがあるかと問われたら、あると答える。

　対魔師の中で、ないと答える人はいない。

　しかし、アウリールはないと答えた。

「純粋にこれは、種族間の戦いです。人間と魔族が交わることはない。だから——戦う。それだけのことでしょう？」

「お前たちは、仲間を殺されて何も思わないのか？」

「はい。この世界は弱肉強食。強ければ生き残り、弱ければ負ける。負けた存在に、意味などありません」

「……」

「どうやら、根本的な思想の違いに戸惑っているようですね。私も不思議ですよ。人間はどうしてそこまで、感情を重んじるのか。しかし——それが強さの根源にも繋がっている。一概に否定はしませんが、魔族には理解のできないものです。あぁ、一応は言葉としては理解していますよ」

アウリールは饒舌に語る。

そうか。

根本的に違う生き物である。

そんな当然のことを言われて、動揺している場合ではない。

ここは割り切りが大切だ。

相手はそんな生き物であり、僕らは魔族に勝利するしかない。

「では、お話をしましょうか。私もこの真実を告げることができて、嬉しいのです」

「嬉しい？」

「はい。私は、そのためにあなたに伝えるのですから」

そうして僕らは、どうして黄昏が生まれたのか。

その真実を知ることになる。

◇

全ての始まりは、百五十年前の人魔大戦にまで遡る。

最終戦。

人間も魔族も、その数を減らしていき、ついに最後の戦いとなった。

勇者と魔王の一騎打ち。

ほぼ互角であり、勇者と魔王は互いに致命傷を負った。

それによって、人魔大戦は終了。

痛み分けという形になって、どちらも勝利を得ることはなかった。

勇者は一命を取り留め、魔王もまたその命を繋いでいた。

「はぁ……はぁ……ぐ。勇者め、これほどとは……」

「大丈夫ですか。魔王様」

とある洞窟の中に、魔王とアウリールがいた。

その周りには、夥しい出血の跡があった。

七魔征皇は魔王の手足であり、従順な部下だった。

アウリールは魔王に、懸命に治癒魔法を施す。

しかし、治る気配は一向にない。

「魔王様。勇者の聖なる力が、全てを拒みます」

「ぐ、ううう！　勇者め、ここまできても、この我を苦しめるか！」

アウリールは誰よりも魔王に従順であり、自分の意志などありはしなかった。

魔王の側に仕える。

それこそが自分の使命だと分かっていたからだ。

人魔大戦においても、アウリールは陰で活躍していた。

それから魔王はなんとか延命したが、アウリールはそんな矢先に結界都市の存在に気がついた。

「この結界は――」

そっと触(ふ)れてみる。
バチッと弾かれて、アウリールの手は爛(ただ)れる。
魔族を完全に遮断(しゃだん)してしまう結界。
その強度は今までに経験したことがないほど。
仮に魔物(まもの)が大量に押し寄せても、どうしようもないだろう。
ふと、アウリールの心に最悪の可能性が過(よ)ぎる。
人類は土地を捨て、僻地(へきち)に閉じこもることに成功した。
この世界は、魔族のものになった。
そんな思考はアウリールにはできなかった。
このままでは、世界は退屈になってしまう。
あの刺激的(しげきてき)な戦争の日々は、もう二度とこない。
人間と魔族。
明確に線引きされた世界は、永遠に平行線であり、交わることは決してない。
だが、魔族が土地を手に入れて、どうなる？
その先に何が待っている？
平和な世界？

そんなものは、アウリールは求めていなかった。

「魔王様」

「おぉ。アウリールよ」

すっかりと弱ってしまった魔王。

すでにアウリールの心の内は、決まっていた。

「人類は結界都市なるものを生み出し、僻地に籠ることを決定したそうです」

「おぉ！　つまりは、この広大な大地は魔族のものということか！」

「はい」

歓喜の声を上げているが、アウリールにはやはり、喜べるものではなかった。

「魔王様。どうか——この世界のために、死んでください」

一瞬の出来事だった。

アウリールの右手は、魔王の心臓を貫いていた。

「な、な……何をする、アウリール」

「あなたはもう、用済みだということです」

「結界都市を攻略するには、強力な魔法が必要になります。あなたはその、媒介になるのです」

「ど、どうしてだアウリール……お前は、私の……従順な部下な……はず」

「私はただ、退屈が嫌いなだけです。それでは、おやすみなさい」

いくら弱ったとしても、魔王は魔王。

その心臓を媒介として発動する魔法は、あまりにも強力だった。

それこそ、この世界の全てを侵食してしまうほどに。

そうして魔王だったものから、黄昏の毒素が排出されていく。

今はまだ、結界都市をどうにかできるものではない。

しかし時間をかけて、この黄昏は人類を追い詰めていくだろう。

アウリールは笑う。

もう、誰にも従う必要はない。

本能のままに、生きていこうと。

それこそが、退屈を嫌い——刺激を愛した、アウリールの罪だった。

そんな彼ではあったが、やはりあの結界都市というものは、想像以上に強固なものだった。

この百五十年の間。

アウリールは、人類の結界都市を完全に攻略することは不可能であると悟った。

たとえ、黄昏の毒素が世界に完全に浸透したとしても、結界都市だけはそれを無効化してしまう。

そんな中、アウリールはサイラスと出会うことになる。

「取引だ」

「取引、でしょうか？」

任務で黄昏危険区域レベル４までやってきたサイラス。

そこで彼は、七魔征皇と出会った。

その目は、人間の目とは思えないほどに、殺意に染まりきっていた。

それも、魔族側ではなく、人間という存在に対して。

──面白い。

──あぁ、人間はなんて面白いのでしょうか。

人間の感情の面白さを知ったアウリールは、サイラスに協力することにした。

今まではずっと、退屈な日々だった。

旧態依然としたこの世界。

黄昏は世界を支配しているが、それだけ。

人類は強固な結界によって、守られている。

このまま、世界は退屈なまま終わっていくのか。

どれだけ最善を尽くしても、進むことはないと思っていたが、アウリールに一筋の光が差し込んだ。

そして、サイラスの主導によって、計画が実行された。

結界都市の結界を無効化して、そこにアウリールが大量の魔物を流し込んでいくという計画である。

人類は忘れてしまっている。

この世界で戦う厳しさというものを。

その計画は、成功するはずだった。

だが、ユリアという存在によって、その計画は阻止されてしまった。

「特異点。ついに、現れましたか」

人類に現れる特異点と呼ぶべき存在。

それは、サイラスかもしれないと思ったが、違う。

ユリアこそが、特異点である。
アウリールは、そのことに気がついた。
その後は、ユリアの動向を追うことが彼の楽しみになっていた。
一体、特異点という存在は、どんな世界に導いていくのか。
まるでゲームのように、アウリールは楽しんでいた。
もはやそこに、人類に勝利するという目的は優先されていなかった。
どうすれば、面白くなるのか。
それこそが、彼の興味の全てだった。
その後、サイラスが敗れてから、アウリールは最後の戦いを仕掛けることにした。
魔王と残りの七魔征皇の肉体を使って、さらに黄昏の毒素を濃くしていく。
もはや、この場所が特定されたとしても、どうでもよかった。
これは最後の戦い。
人類と魔族の最終戦である。
あの百五十年前のような、無様な決着ではなく。
完全に雌雄を決する。
それこそが、アウリールの望みだった。

魔族が勝利しても、人類が勝利しても、彼の退屈は消失するのだから。

「そして、現在に至るというわけです」

「……」

僕らは、黄昏の真実を知った。

全ては、このアウリールから始まったものだった。

でもやはり、彼の感覚は理解できない。

僕ら人間は、みんなの想いを背負って戦っている。

それとは逆に、アウリールは個人的な好奇心を満たすためだけに、戦っている。

まるでゲームをするみたいに。

僕は許せなかった。

こいつのそんな好奇心のせいで、どれだけの人々が犠牲になってきたのか。

どれだけの悲しみが、世界に満ちているのか。

僕はぐっと感情を押さえつけて、相手を睨みつける。

「あぁ。いいですねぇ。この百五十年もの間、待っていた甲斐があるというものです」

「お前の個人的な好奇心を満たすためだけに、どれだけの人間が犠牲になったのか……本当に僕は、そのことが許せない」

「ええ。許す必要はありません。私たちは、互いに高度な知能を持って、こうしてコミュニケーションを図ることができます。しかし、精神構造は全くの別物。私はどれだけの人間が死のうとも、興味はありません」

「そうか……」

もうそこから先、言葉は必要なかった。

「いいでしょう。ここで決着をつけましょう。世界の行く末は、私たちの双肩にかかっていますよ？　心して、挑むといいでしょう」

アウリールもまた臨戦態勢に入る。

彼は心から、この状況を楽しんでいるようだった。

「シェリー。行くよ」

「ええ」

シェリーもまた、戦闘を始めるだけの準備はできている。

「許せない。私も、ユリアと同じ気持ちよ」

「うん。ここで絶対に、終わらせよう」

「もちろん。私はユリアと一緒なら、どこにだってていけるわ」

「僕も同じだよ」

互いの覚悟は決まっている。

ここでの勝者が、世界の勝者になる。

アウリールは魔法を発動。

しかしその魔法は、見覚えのあるものだった。

「黄昏刀剣。その力は、あなただけのものではありませんよ」

アウリールの両手には、僕のと全く同じ——黄昏刀剣が握られていた。

驚愕を隠せない僕とシェリーに対して、相手は淡々と告げる。

「さぁ——今度こそ人類と魔族の、最後の戦いを始めましょう」

第五章　黄昏を切り裂く少年

いつからだっただろうか。
私がこんなにも、一人の人間に対して想いを寄せるようになったのは。
みんなは私を、リアーヌ様と呼んでくれる。
そこには尊敬の念しかこもっていなかった。
王族として生を受け、何の不自由もなく生きてきた。
そこに、不満などあるわけがない。
満たされている日々。
しかし、どこか乾いているような日々でもあった。
そんな時、私は黄昏への視察に向かうことになった。
もちろん、対魔師たちに厳重に守ってもらって。
「これは……」
初めて感じたのは、この世界はあまりにも寂しい。

木々や植物は枯れ果てているが、なぜかそこにある。
黄昏色をしたそれらは、本当にこの世のものとは思えなかった。
こんな世界で戦っている人がいる。
それは、完全に温室育ちの私にとって、本当に驚くべきものだった。
それから私には、専属の護衛がつくことになった。
「よろしくお願いします。リアーヌ様」
ベルティーナ・ライト。
Sランク対魔師の一人であり、人類最強の剣士とも呼ばれている。
そんな彼女に対して、私はどう接すればいいのか、よく分からなかった。
でも、ベルはずっと私のそばにいてくれた。
決して、饒舌なわけではない。
そんなベルが私は好きだった。
寡黙だけど、見守ってくれている。
ベルは私のことを誰よりも思ってくれている。
それだけは、なぜか理解できた。
「ねえ、ベル」

「はい。なんでしょうか」

ある日のこと、私は尋ねてみることにした。

「どうして、私にこんなにも、良くしてくれるの？」

「それはあなたが特別だからです」

「特別？」

「はい。王族の中でも、聖なる力を宿しているあなたは、この結界都市には必要な存在なのです」

「そっか」

「しかし――」

当たり障りのない答えに少しだけ落ち込んでいると、ベルは話を続けた。

「私は、とても優しいリアーヌ様を尊敬しているのです」

「優しい？」

「はい。あなたは人々を見下したりしません」

「それは当然のことだと思うけれど？」

王族であっても、そんなことは当然だ。

でも私はすでに、人間の醜さも知っている。

権力争いに躍起になっている上層部に貴族たち。

私と話をするときでも、その頭の中は既得権益のことしか考えていない。

私はそんな人たちには、辟易していた。

「当然のことです。しかし、それが出来ていない人があまりにも多い。だからこそ、私はあなたのことを尊敬しています」

「そう……そうなんだ」

今まで、私という個人を見られたことはない。

王族であり、聖女であるリアーヌ。

そんな肩書きが私の全てだった。

ベルは私をそうではなく、一人の人間として見てくれていた。

それから私は、ベルに信頼を寄せるようになった。

そして私は——一人の少年と出会うことになる。

ユリア・カーティス。

黄昏を二年も放浪していた存在。

初めは、虚言と思っていた。

黄昏に一日いるだけでも、人は簡単に死んでしまう。

対魔師であっても、二年なんて無理だろう。
私はそう思っていたが、彼を見て思った。
これは本当に、二年もの間――黄昏の世界を経験していると。
あまりに深く刻まれた黄昏の刻印。
普通の人間ならば、とうの昔に死んでいる。
それでも彼は生きていた。
それから、私は何かとユリアさんと接する機会が多かった。
彼はＳランク対魔師になって、人類のために戦っていた。
初めは頼りない人だと思っていた。
対魔師であるには、あまりにも優しすぎると。
けれど、人は成長するものである。
彼はたくさんの死線を越えて、成長していった。
肉体的にも、精神的にも。
気がつけば私は――ユリアさんに惹かれていた。
お菓子作りが趣味で、味見をして欲しいと呼んでいるのも、下心があるからだ。
ユリアさんと二人の時間を過ごしたい。

彼は普段、任務であまり結界都市にいない。
だから数少ない時間をなんとか、彼と過ごしたかった。
こんな気持ちは初めてだった。
ベルといる時も、気持ちは穏やかである。
ユリアさんは、それとはまた違う。
心の奥底で、何かが惹かれているのを感じる。
それはきっと、本能的なものなんだと思う。
それと同時に、私は今まで以上に彼が心配だった。
いつも彼は、帰ってくる。
ユリアさんが約束を破ったことはない。
それでもいつか、帰ってこない日が来るかもしれない。
ユリアさんだけじゃない。
ベルだって、いつかそんな日を迎えるかもしれない。
そんな中で、私は待っていることしかできない。
これほど、自分に無力感を覚えたことはない。
「ベル。この作戦、最後になるかもしれない」

私は作戦開始の直前にベルと話をしていた。

「はい。おそらく、相手もそれなりの覚悟で仕掛けてきているでしょう」

「ええ」

分かっていた。

今まで、魔族側がこんな大掛かりなことをしてきたことはない。

人類にとっても――

魔族にとっても――

この戦いが、大きな節目になるかもしれないことは、互いに察していた。

「ベル。帰ってきてくれる？」

「もちろん。私が戻ってこなかったことがありますか？」

「ない……けれど」

顔に影を落とす私のことを、ベルはそっと抱きしめてくれた。

「大丈夫です。リアーヌ様のもとに戻ってくることが、私の使命ですから」

「ベル……」

そして私は、ベルを送り出した。

でも、心配しているのはベルだけじゃない。

私の転移魔法によって、みんなが消えていく。
本当はこんなことはしたくはない。
見送るだけの日々なんて、もう嫌だったから。
それでも私は、見送る。
きっとみんなが帰ってくると信じて。
最後にユリアさんが微かに微笑んでいるのが見えた。
私の心情を察しているのか、その顔はとても優しいものだった。
「みんな……どうか」
どうか。
どうか、無事に帰ってきてほしい。
私にはこの世界に神などいないことは分かっている。
もしいるとしたら、私たち人類にこんな試練を与えるなんて思えないから。
そんな私ではあるが、祈るしかない。
どうか——みんなが無事でありますように、と。

◇

「……っ！」
「ははは！　最高の瞬間だ！」
私とアルフレッドの戦いは、さらに速度を上げていく。
相手の剣は、全てをねじ伏せる力の剣。
その剣技は、師匠のものを彷彿とさせる。
あらゆる剣を吸収してきた。
アルフレッドの剣を私はそう評価した。
全てを奪い、全てをねじ伏せる。
女の私には決して、真似できない剣技である。
そんな剣に憧れた。
力のある剣が私の理想だった。
しかし、それはあくまで——過去の話である。
残念ながら、私の剣はそこには辿り着けない。

どれだけの想いがあっても、向いていないものは向いていない。

だから師匠は、私に剛の剣ではなく、柔の剣を教えてくれた。

思い出す。

あの、在りし日々の思い出を。


「ベル」

「はい。師匠」

「お前がたどり着く剣は、俺のものとは違う」

「……それは、私が相応しくないということですか？」

「違う」

「じゃあ――」

まだ当時は理解していなかった私に、師匠は優しく教えてくれる。

「お前には、お前の剣がある。どれだけ剣技というものを流派に分けて引き継いできても、そこには絶対に個性が生まれてくる」

「個性？」

「そうだ。お前は目がいい。それに、剣が綺麗だ。だからこそ――」

過去の記憶が鮮明に思い出される。
そう。
私の剣は、全てを受け流す柔の剣。
相手の攻撃を受け流し、それを利用して剣戟を繰り出す。
「く……っ！　これは――！」
焦っているのが分かった。
私はさらに意識を沈めていく。
真正面から受け止めてしまえば、終わってしまう。
力と力の勝負だけでは、敵わない。
敵わないけど、私の剣は通じる。
師匠の教えは、間違っていなかった。
きっとこの時のために――私は、剣を極めてきたのだろう。
「――」
徐々に感覚が失われていく気がする。
それは決して、悪い感覚ではなかった。

今までにない、高揚感。

私はこの剣とともに生きていく。

その集大成が今だった。

「ベル！」

エイラちゃんの魔法による後方支援。

私はエイラちゃんと連携を取って、戦っている。

私は一人じゃない。

エイラちゃんと一緒に。

そして、今まで失った仲間と共に。

「は、ははは！　いいぞ！　これこそが、剣の極致だ！」

徐々に均衡が崩れていく。

押している。

そう思った時、アルフレッドは思い切り剣に力を入れて、私の体を後方へと弾き飛ばしてしまった。

「ふぅ。悪い流れは、断ち切るに限る」

アルフレッドは百戦錬磨である。

あのまま行けば、私が押し切っていたかもしれないが、相手はそれを悟った。

仕切り直し。

私たちは、互いにじっと視線を交わす。

「お前の剣、初めてのものだ」

「そう」

「今まで、そうやって柔の剣を極めようとした者はいた。それでも、お前ほどの領域に辿り着いたやつはいない。誇るといい。このアルフレッドが認める。お前の剣は――人類最強の剣である」

「違う」

「何？」

私はアルフレッドの言葉を否定し、剣をスッと相手に向ける。

「私の剣は――世界最強の剣だ」

もう迷いはなかった。

私はこいつを倒して、世界最強になる。

師匠を超えて、師匠よりも強かったアルフレッドを超えて。

その先に、私はたどり着く。

「ベル。あなたの剣、素晴らしいわ」

「うん」

「きっと、あなたなら勝てる」

「うん」

「だから、私を信じてくれる？」

「もちろん」

エイラちゃんの言葉が、今まで以上にしっかりと聞こえてくる。

私は再び、剣を構えた。

仕切り直しになったとしても、私はいくらでも戦う。

この身が朽ち果てるまで、私は剣を握り続ける。

「じゃあ、第二ラウンドと行こうぜ？」

刹那。

アルフレッドの姿が消えた。

私は何とか、相手の姿をとらえた。

今までとは全く違うスタイル。
それまでは圧倒的な力を押し付ける剣技だったのに、今はスピードを重視している。
「俺の剣は幾千もの蓄積がある。お前に全て、捌き切れるかな？」
「それでも、私は負けない」
捌く、捌く、捌く。
アルフレッドの剣の方が速いのは認める。
けれど私は、それらを受け流す。
認知できるギリギリの領域。
私は致命傷を負わないように、相手の攻撃を受け流し続けていた。
全ては捌けない。
ならば、ある程度のダメージは考慮すべき。
こんなところで臆していては、私は前には進めない。
痛い。
その感覚は脳内に響くが、私は耐える。
今は、その時間だ。
無限とも呼べる剣の応酬。

私は圧倒的な剣の世界の中で、その攻撃を受け流す。

臆してはいけない。

それは、死につながる。

私は今、死と隣り合わせだった。

少しでも剣を逸らすことができなければ、私は死ぬ。

それだけの剣技だった。

もはや、私は相手に復讐心だけを覚えていなかった。

心の奥底では、復讐を果たしたいと願っている。

それと同時に、私は純粋にこれほどの剣を極めている相手に、尊敬の念を覚え始めていた。

一体どれだけの時間を過ごせば、この剣にたどり着けるのだろうか。

途方もない時間の蓄積。

アルフレッドは天才だ。

その卓越した才能は、私も認める。

ただそれ以上に、彼は努力している。

天才が努力した先に待っているのは——一体、どんな世界なのか。

私は立ち向かえるのか。
私――ベルティーナ・ライト――が天才であるなんて、思えなかった。
それでも信じているのは、みんなの言葉のおかげだった。
私は天才と呼ばれ続けてきた。
師匠だって、私を天才と言ってくれた。
みんなの言葉なら、私は信じることができる。
切り裂かれていく皮膚。
飛び散る血液。
それでも私は、怯まない。
この両目でしっかりと、相手の剣戟を受け止める。
無限とも呼べる時間の中で、私は自分の限界を越えようとしていた。
そして――。
「なるほど。お前との決着は、やはり――これで付けるしかないようだな」
「……」
再び、距離を取った。
アルフレッドは理解した。

このまま戦っていても、平行線のままであると。

私もまた、この状況を待ち望んでいた。

「ええ。決着は、この一振りで付ける」

そう。

互いの技量はほぼ同じ。

ならば決着を付けるのは、一撃必殺の剣。

私だけではなく、アルフレッドも持っている。

唯一無二の剣である——秘剣を。

「ベル。治療するわ」

「ありがとう」

エイラちゃんが止血をしてくれる。

私はその治療を受けながら、精神を統一させる。

この先に待っているのは、勝敗だ。

どちらかが勝って、どちらかが負ける。

「……ベル。絶対に負けないで」

「うん」

私は再び、ゆっくりと前に進んでいく。

私は鞘に剣を納める。

この秘剣は――この状態でなければ放つことができない。

「ほぉ。抜刀術か」

「……あなたは、違うのね」

「あぁ。俺がたどり着いた剣の深奥は、抜刀術ではない。だが、面白い。俺の剣はやはり、どこまで行っても他者をねじ伏せる蹂躙の剣。力こそ、全てだ。しかしお前は、それとは真逆の柔の剣。この決着をつけるには、相応しい」

「そうね」

もう、あの時のような復讐心には支配されていなかった。

今はただ、全力の剣をぶつけるだけである。

心はどこか、清々しい気持ちで一杯だった。

ふと、目を閉じる。

私は思い出す。

これまでの人生の軌跡を。

自分が今までどうやって生きてきて、どんな道を歩んできたのか。

ゆっくりと腰を落とす。

そして、剣をしっかりと握る。

絶対に離さないように。

感覚を研ぎ澄ませる。

この剣に、視覚は必要ない。

私は視覚を閉じて、第六感に集中させる。

人間が本来持つ五感ではなく、魔法的な感覚である第六感。

「さぁ、行くぜ？」

分かる。

アルフレッドが迫ってくるのが、私はまるでスローモーションのように感じ取れた。

そして――互いの声が、重なった。

「秘剣――凰牙刹滅」

「第零秘剣――十六夜」

決着は一瞬だった。

私は目を開く。

右肩からは夥しい量の血液が溢れ出している。

でも、私は倒れていない。

ゆっくりと剣を納める。キン、という音だけが響いた。

一方で目の前には、血の海に沈んでいるアルフレッドがいた。

勝敗は――決した。

「う……ごほっ！　あぁ……そうか。ついに、この時がやってきたか」

アルフレッドは呆然と、天井を見つめる。

「俺の剣は全てを破壊する力の剣だった。秘剣、凰牙刹滅はそれを具現化した剣。だがお前は――」

「私の剣は他者がいないと成り立たない。この十六連撃のカウンター、相手の力を利用しないといけないから」

私の持っている秘剣、十六夜は相手の力を利用した十六連撃のカウンターだった。

仮にアルフレッドが全力で来ていなければ、これだけの剣は実現できなかっただろう。

　女であり、非力な私だったからこそ、たどり着けた境地だった。

「皮肉なものだ。お前の肉体は、圧倒的に足りていない。剣を振るうだけの十分な性能が、その肉体に備わっていない。しかし――だからこそ、剣の極致と呼べる領域にたどり着けた」

「ええ」

「ふ。これでもう、俺に心残りは存在しない――」

「……」

「恨み言はないのか？　呪詛でも吐いて、俺の死体を辱めることもできるだろうに」

「私はそんなことはしない。確かに、恨みはある。お前のして来たことは、許せるわけがない」

「だろうな」

　私は知った。

　このアルフレッドという魔族は、ただ剣を極めるために生きてきた。

　それ以外のものは、些事に過ぎなかった。

　復讐を果たした。

　ならば、もうそれでいい。

これ以上、剣士を辱めることを――私は良しとしない。

「でも同時に、私はその剣を尊敬する。幾星霜もの時間をかけて積み上げて来た剣に、敬意を表する」

「ふ。ま、それも全て終わったがな」

「あなたの剣は今度は私が引き継ぐ」

「俺の剣を？」

「そう」

「ははは！　そうか、人間とは本当に面白いものだ」

それが最期の会話だった。

アルフレッドはそのままゆっくりと、目を閉じていった。

まるで眠っていくように。

完全に彼の意識は絶たれた。

もう、この世界に戻ってくることはないだろう。

「はぁ……はぁ……はぁ……」

やっと私は、膝をつくことができた。

相手への敬意。

それを示すためにも、私はなんとか立っていたのだから。

「ベル！」

「エイラ……ちゃん」

「深い……でも、大丈夫よ」

私は致命傷を負ったけど、流石(さすが)はSランク、すぐに治してくれた。

良かった。

リアーヌ様のもとに、また帰ることができる。

「エイラちゃん」

「今はあまり喋(しゃべ)らないで」

「私のことを、助けてくれてありがとう」

「――ッ！　あなたは、強くてもバカだから！　私がいないと、本当にダメね！」

「うん……」

「今度からは、もっと大人になりなさい」

「うん。エイラちゃんみたいに、大人になるよ」

「ばか。あなたの方が年上でしょう」

「ふふ」

終わった。

私は復讐を果たした。

師匠、それにクローディア。

ありがとう。

あなたたちがいなければ、私はきっとどこかで終わっていた。

もう満足に剣は握れないかもしれない。

自分の体は感覚的に分かっている。

それだけの剣が、あのアルフレッドにあった。

私の剣士として人生は、もう終わった。

最強ではない私に、何か価値はあるのだろうか。

「エイラちゃん」

「何?」

「ユリアくんは大丈夫かな?」

「あのユリアよ。絶対に大丈夫よ」

「そうだね」

後のことは、ユリアくんに任せよう。

彼ならばきっと——青空を取り戻してくれるはずだから。

◇

私は無我夢中で、ユリアのことを追いかけてきた。
初めて会った時のことは、今でも鮮明に覚えている。
なんだか、弱そうな人。
それがユリアに対する印象だった。
強くは決して見えない。
とても優しそうだけれど、それだけ。
けれど私は、ユリアとの模擬戦で圧倒的に敗北する。
それから彼を追いかけ続けてきた。
「ねえ、シェリー」

「何よ」

ソフィアと二人で話している時、彼女は思いがけないことを訊いてきた。

「ユリアのこと、好きなんでしょう？」

「ぶっ！」

思い切り、飲み物を吐き出してしまった。

「そんなこと――！」

ない、と言い切るべきだった。

私は恋なんてしていない。

対魔師にそんな感情は不要だ。

まだ初恋も迎えていなかった私は、そう切り捨てていた。

「ふ〜ん」

ソフィアはまるで、全てを見透かしているような瞳で、私のことを見つめてくる。

いつもそうだ。

ソフィアは本当に、なんでもお見通しなのだ。

そんな彼女のことは、どこか苦手に思いつつも、大好きだった。

「シェリー」

「な、なに？」

「自分の気持ちに、嘘はダメだよ」

たまにハッとするようなことを、ソフィアは言ってくる。

「嘘？」

「うん。自分のことってね、自分でも分からない時がある。他人の方が分かっている時も、あったりするんだよ？」

「……」

それは今、狼狽している私のことを言っているのだろうか？

ユリアへの感情。

確かに、先ほどの問いかけには、何も思っていないのならば――冷静に答えることができたはずだ。

仮に、他の男性の名前を言われても、私は平然と否定しただろう。

が、ユリアだけは違った。

なぜか脳内に浮かんでくる、彼の笑顔。

それが私には、どうしても否定できるものではなかった。

「ま、ゆっくりとやっていけばいいよ」

「そう、かしら？」

「うん。感情との付き合いは難しいからね」

「……ソフィアって、もしかして経験豊富なの？」

純粋に気になったので、尋ねてみた。

「ん？　さぁ、それはどうだろうね――！　あはは！」

はぐらかされてしまうが、これもソフィアらしいと思った。


私はそんなことがありつつも、ユリアのことをずっと見てきた。

自分の奥底に芽生えている感情と向き合いながら、対魔師としての訓練を続けてきたんだけど……。

ユリアは意外と女性にモテることが分かってしまった。

まずはエイラ先輩。

二人はとても仲が良さそうだ。

エイラ先輩はユリアのことをどう見ているのか知らないが、仮に二人が恋人になっても、とてもよくお似合いだと思ってしまう。

うぅ……！

そんなことは考えたくはないのに、どうしてもイメージしてしまう。
そして、極め付けはリアーヌ王女だった。
とても可憐で美しい王女様。
同じ女だから分かってしまう。
リアーヌ王女は、ユリアに惹かれていると。
私とリアーヌ王女。
この二人を比較したとき、私に有利なものなんて……何もなかった。
ただただ、自分が惨めになるだけ。
その中で、私にはある支えがあった。
それはユリアの隣に立って戦うことだった。
そして、結界都市の二回目の襲撃の時にその願いは叶った。
同時に、私はユリアの恐ろしさを知った。
私が全身全力で戦って動けなくなった後も、ユリアはさらに進んでいった。
私は一緒に戦うことはできたけど、まだ足りなかった。
「私はもっと、強くならないと」
今回の作戦に召集されたのは、本当に嬉しかった。

ユリアと戦えることもそうだけど、自分の努力が無駄ではなかったことを知ることができたから。

恋する気持ちは大切。

けど、それだけじゃない。

私は対魔師としての使命もまた、大切に思っている。

そしてついに、私たちは黄昏の真実を知った。

初めに思ったことは、理解できない、だった。

魔王を贄として、黄昏の世界を生み出した。

その理由は、退屈な世界が嫌だったから。

それだけ。

そんなちっぽけな感情のために、どれだけの人が犠牲になったと思うの？

黄昏症候群。

それには個人差があるが、末期症状までいくと——信じがたい苦痛の末に絶命していくことになる。

それだけではなく、対魔師たちもたくさん犠牲になってきた。

その原因は、このアウリールという魔族の退屈を満たすため。

許せなかった。

私は、真実を知って初めて、明確に殺意というものを覚えた。

「シェリー」

ユリアが声をかけてくれる。

それは、いつものように優しいものだった。

「感情に支配されてはいけない。その気持ちは分かるけど、今は戦うために冷静にならないといけない」

「……ええ」

ユリアの言葉によって、私は冷静さを取り戻すことができた。

どうして本当に、この人はここまで強いのだろう。

ユリアだって、許せないはずだ。

私なんかよりも、ユリアの方がこの黄昏の厳しい現実に直面しているから。

とても優しい彼だからこそ、怒らないわけがない。

ユリアはそれでも、我慢して戦うことに集中している。

余計な感情は、戦闘には不要と分かっているから。

いつからだろう。

ユリアの顔が、こんなにも大人びていると思ったのは。
初めて会った時の、弱々しい彼ではない。
もうユリアは、全ての覚悟を背負っている——純然たる対魔師だった。
うん。
大丈夫。
私は戦える。
ユリアにばかり、任せてはいられない。

「さぁ——今度こそ人類と魔族の、最後の戦いを始めましょう」

幕を開ける最後の戦い。
私はここで死んでしまうかもしれない。
それでも覚悟はあった。
私たちがこの世界を終わらせる。
こんな不合理で非情な世界は、存在してはならないから。
そうして、最後の戦いが幕を開けた。

◇

「あれは……」

間違いない。

アウリールが発動しているのは、黄昏刀剣(トワイライトブレード)。

僕(ぼく)のと同じものではあるが、その色は異なる。

僕のは黄昏色をしたものだが、アウリールのものは漆黒(しっこく)に近いものだった。

ただし、反映している力は同様。

僕とシェリーは、思わずその力に見入ってしまう。

「シェリー……」

「えぇ」

「相手の能力は僕に近いものかもしれない」

「みたいね」

「以前のように、二人で戦おう」

「分かったわ」

僕らは互いに臨戦態勢に入り、一気に飛び出した。

「さて、どの程度の強さなのか。お手並み拝見といきましょうか」

アウリールは僕とシェリーを相手にすることを、気にしているわけではないようだった。

それだけの力を、相手は持っているということか？

「……！」

僕は黄昏眼（トワイライトサイト）を展開する。

この場に存在する黄昏の粒子（りゅうし）が、しっかりと可視化される。

それで分かったのはやはり——ここの濃度（のうど）は異常だということだ。

それに、相手の黄昏刀剣（トワイライトブレード）もすごい質量を持っている。

僕と同等か。

いや、もしかしたらそれ以上かもしれない黄昏の濃度である。

「ハアアアア！」

「やあああ！」

僕とシェリーは互いに両サイドから攻（せ）めていく。

先手必勝。

もはや小細工など必要ないし、通用する相手とも思えない。

僕らはただ純粋に、剣技で相手のことを押し込（こ）もうとしていた。

が、アウリールの余裕（よゆう）の笑みは消えることはない。

全て捌かれてしまう。

よく見ると、黄昏刀剣（トワイライトブレード）だけではなく、相手の目も微（かす）かに発光していた。

僕だからこそ、分かってしまう。

あれは——

「黄昏眼（トワイライトサイト）。この目は本当に、よく見えます。ですよね？　ユリア・カーティス」

「——！」

ここまで来れば自明。

僕とアウリールは同等の能力を持っている。

今まで僕は、この黄昏を具現化する力は、唯一無二のものだと思っていたが……。

認識（にんしき）を改めないといけない。

相手は僕と同じ能力を持ち、この黄昏の濃度が非常に濃い場所では——圧倒的な性能を引き出すことができる。

僕もまた、黄昏のおかげで今の力を使えている。

「なるほど。いい腕です。しかし、そっちの彼女は少しお粗末ですね——」

「キャッ！」

シェリーが思い切り吹き飛ばされてしまう。

僕はシェリーの側にすぐに駆け寄りたかったが、アウリールの殺気が僕を離してはくれない。

「おや。助けに行くと思っていましたが」

「……」

「なるほど。どうやら、私の考えていることが分かっているようで。あなたは思ったよりも、冷静だ」

アウリールは敢えて、シェリーに攻撃を仕掛けた。

傷ついた彼女を見れば、僕がすぐに助けに行くと思って。

その隙を虎視眈々と狙っていたのは、明白だった。

割り切るしかない。

それに、シェリーは弱くはない。

今の攻撃も、ギリギリのところで防御できたはずだ。

「僕はお前に勝って、この世界に青空を取り戻す！」

「ええ。その意気です。さぁ、もっと加速していきましょう。今、世界の中心は――ここなのですから」

さらに剣戟を加速させていく。

僕はこれでもかと攻めていく。

能力は限界まで引き上げている。

今までの経験も全て、この戦いに捧げる。

しかし――届かない。

徐々に焦りが出てくる。

僕の攻撃は、全て捌かれてしまっていた。

「ふふ」

アウリールの声が漏れる。

彼はとても余裕そうで、楽しそうにしていた。

精神的な攻撃をしているわけではないだろうが、僕はそれがどうしても気になってしまっていた。

くそ！

そんなことを、考えている場合じゃない！

今ここで、こいつを倒せば——世界は取り戻せるんだ。

遥か過去に失ってしまった、青空を。

「ユリア！」

戦闘に戻って来るシェリーは、後方から魔法を発動。

地面を這うようにして、氷が一気にアウリールに襲いかかる。

「ふむ。発動時間、威力。十分なものですね。伊達にここまで来ているわけではない、ということでしょうか」

そんな言葉を発しながら、アウリールはシェリーが生み出した氷を切り裂いていった。

さらには、その切り裂かれた氷は黄昏の粒子へと還元されていく。

「あぁ。この能力は、まだ辿り着いていないようですね。一応、黄昏の力はこのような芸当も可能なのですよ」

「——！」

まるで見せつけるように。

自分の方が、この力をよく知っているかのように。

アウリールは僕に全てを突きつけてくる。

お前の能力は、所詮自分の下位互換。

紛い物でしかないと。


「うわあああああ！」

僕は躍起になって戦うしかなかった。

今まで、どんな敵にだって敵わないことはないと思っていた。

自分の心さえ折れなければ、十分に勝機はあると。

アウリールはあまりにも知りすぎている。

この能力のことも、僕の心のことも。

まるで全てを見透かすようなその瞳は、僕に精神的なダメージを与えていた。

「どうです？　全ての攻撃が、同じ力で返されるのは」

「くっ！　ううううう！」

鍔迫り合いのような形になる。

僕は何とか力で押そうとするが、押し切ることはできない。

「ユリア！　避けて！」

瞬間。

シェリーの魔法が僕らの上空に現れる。

巨大な氷柱が、勢いよく頭上から落下してくる。

僕は咄嗟にバックステップを取って、その場から離脱。

一方のアウリールも同じ行動を取ろうとしたけど、シェリーは彼の足元にも氷を生み出していた。

アウリールの足に絡みついていく氷。

彼がこの巨大な氷柱を避けることは、もはや不可能だった。

ドォン！

と、巨大な音がこの空間に響く。

パラパラと舞っていく氷のカケラ。

確実にダメージを与えている。

もしかしたら――。

「やったの、かしら？」

「いや、まだ分からない」

希望的観測は、すぐに打ち砕かれることになる。

砕けた氷の塊から、アウリールは姿を現した。
彼の頭上には、漆黒の盾が生み出されていた。
また、僕も使用できる技を使って、見せつけるように彼は僕を見つめる。
「さて、これで終わりですか？」
まだ、まだギリギリのところで、心は折れていない。
「ユリア……どうやって、私たちは戦えばいいの？」
シェリーはボソッと声を漏らす。
分からない。
この相手にどうすれば、勝利することができるのか。
今まで感じたことのない、絶望を感じる。
僕らはここで、負けてしまうのか——？
そんな矢先、敵の攻撃が来ているのに、反応が遅れてしまう。
「ユリア！　危ない！」
僕の目の前に現れるのはシェリーだった。
黄昏刀剣を槍のような形にして、投擲してきた。
それはまだ、僕の知らない力だった。

「う……ぐ……」

ポタポタ、と血が滴る。

シェリーは致命傷は避けたものの、至る所から出血していた。

「シェリー⁉」

「ユ……リア……」

シェリーが血の海の中に沈んでいく。

僕のせいだ。

僕がもっと、しっかりとしていれば、シェリーがこんな目に遭うことはなかった。

どんな覚悟もしているつもりだった。

それでも、非情な現実は僕の心を蝕んでいく。

「あぁ。この程度の力で、倒れてしまうのですか。やはり人間とは、脆いものですね」

「……」

ゆっくりと歩を進めてくるアウリール。

僕は呆然とシェリーを見つめているしかなかった。

「もう、心が折れましたか？」

「……」

いや、戦う意志は残っている。

まだ僕は戦える。

「ユ……リア。大丈夫……あなたならきっと、勝てるわ」

それは根拠のない言葉だった。

どうやって勝つ？

どうやって攻略すればいい？

けど……シェリーがそう言ってくれている。

まだ、諦める理由にはならない。

信じてくれる人がいるのならば、僕はまだ戦える。

僕はシェリーの治療をしてから、再び立ち上がった。

「おや。まだ気力があるとは」

アウリールはこの戦闘を楽しんでいる。

圧倒的に不利な状況。

僕は細心の注意を払ってシェリーの治療をしていたけど、相手が仕掛けてくる様子はなかった。

ただ不敵に笑いながら、僕らの様子を窺っている。

「……」

「もう分かったでしょう？　私とあなたの能力は同質であり、この能力のことを理解しているのは私の方であると」

「……」

僕は再び、黄昏刀剣を生み出して、相手と向き合う。

「それでも、諦めないと？」

「そうだ」

「敗北は必至ですよ？」

「まだ、決まったわけじゃない」

「そうですか。いや、やはり人間とは面白いものですね。どんな状況にあっても、立ち向かうその精神力。さてそれでは、そろそろ終わりにいたしましょうか」

「──来いッ！」

負けない。

僕はまだ、負けることは許されていない。

あともう少しで、この黄昏の世界を終わらせることができる。

そのチャンスを捨てるわけには、いかないッ!!

全力で剣戟を繰り広げる。

全ての力を限界まで引き上げて、僕は挑む。

いや、限界なんて——気にすることはない。

さらに僕は能力を解放していく。

「ほう。なるほど。これがあのサイラスを屠った状態ですか。いやはや、素晴らしい適応力だ。黄昏に適応できる人類など生まれるわけがないと思っていましたが、これは一つの極致ですね」

冷静に分析しているようだが、そんなものは関係ない。

次々と攻撃を仕掛けていく。

けれど、サイラスさんには通用した攻撃も、このアウリールには届かない。

全て余裕を持って、攻撃を防がれてしまう。

くそ——！

これでもまだ、届かないのか——！

「さて、もういいでしょう。十分にあなたの力は見ました。底も見えました」

「まだ、まだだ！」

「ふふ。限界まで、足掻いてみるといいでしょう」

アウリールは防御をやめて、攻めに転じていた。
僕も何とか防御するけど、相手の攻撃は確実に僕を傷つけていく。
溢れる血液。
徐々に血溜まりができていく。
痛みも脳内に響くようだった。
満身創痍。
今の僕を表すのなら、それが的確だろう。
「はぁ……はぁ……はぁ……」
今は距離を取って、アウリールの動きを窺っている。
彼は黄昏刀剣を軽く振って、僕の血を地面に散らす。
「思ったよりも、粘りましたね」
「く……そ……」
もう思うように、体が動かない。
視界も霞んでいくし、意識も朦朧としている。
あぁ。
ここで終わるのか。

いつかこんな日が来るかもしれないと。

死を迎える時がやって来るかもしれないと。

その覚悟は十分にしているつもりだった。

でも、こんな無惨な形で終わるのか？

僕は、僕は――――！

「さようなら、人類の希望」

アウリールの凶刃が僕の心臓を貫く――――ことはなかった。

「これは……？」

「なっ⁉」

初めてアウリールの表情から、余裕が消えた。

僕の胸元にある十字架。

それはリアーヌ王女から与えられたものだった。

溢れ出していく聖なる粒子。

それは間違いなく、光属性のものであり、聖女であるリアーヌ王女だからこそ、完璧に操れるものだった。

「は、はは……まさか、そんな奥の手を用意していたとは。しかし、逆効果ですよ。黄昏の力と聖なる力は相反するもの。それは、結界都市に生きている人間だから、分かるでしょう?」

「……」

そうだ。

ここで聖なる力が目覚めたとしても、意味はない。

黄昏とそれは、相反するものであることは、僕も知っている。

しかし——その力は僕の体を覆っていき、先ほどまでの傷を癒してくれる。

「な……んだとっ⁉」

溢れ出す黄金の粒子。

僕だけではなく、それはシェリーもまた包み込んでいった。

おかしい。

僕はどうして、この力に拒絶されない?

黄昏に染まりきっている体は、確実にこの力とは相容れないのに。

いや、そうか。

僕は徐々に理解していく。

この体に定着していく、聖なる力。

それはさらに力を増していく。

僕は自分の能力のことを、黄昏を具現化するものだと思っていた。

そのこと自体に、間違いはない。

ただし、根本にあったのは——適応するということだったんだ。

あらゆる現象、事象に適応する。

僕が過去に得意だった幻影魔法(げんえいまほう)は、そこから零(こぼ)れ落ちた力だった。

人間はいつだって、適応してきた。

この厳しい世界で生きていくために。

僕の本質はここにあったんだ。

全ての力が混ざり合っていくような感覚を覚える。

アウリールは僕の覚醒(かくせい)を止めるために、黄昏刀剣(トワイライトブレード)で攻めて来るが……この圧倒的な粒子の前では彼(かれ)も容易に近づくことはできなかった。

「く……これほどとは……っ！」

「……」

馴染(なじ)んでいく。

この十字架はリアーヌ王女の切り札だったのかもしれない。

もしかすれば、王族に伝わる聖遺物の可能性だってある。

そんな大切なものを、彼女は僕に託(たく)してくれた。

もしかすれば、リアーヌ王女は勘(かん)づいていたのかもしれない。

今の僕は、全てが理解できていた。

この力には、僕が悪性に染まっていれば決して辿り着くことはできなかっただろう。

まるで意志を持っているようなこの聖なる力は、僕の意志に反応してくれているように思える。

どれだけの悲劇があろうとも、人の死に直面しようとも、人の醜(みにく)い部分を知ろうとも、僕は純粋(じゅんすい)に人の善性を信じることだけはやめなかった。

その木に辿り着いたのが、今だった。

そして、一気に収束していく粒子たち。

馴染む。

僕の髪(かみ)や瞳(ひとみ)も金色に変化していくのが分かる。

まるで自分を構成している全てが、この聖なる力に還元されていくようである。

それに、この力をどうやって使えばいいのか、容易にわかる。

剣を生み出す。

ただしそれはもう、黄昏色には染まっていない。

黄金の粒子によって形成された剣は、黄昏以上の質量を持っていた。

「は、はは！　そうか！　君は黄昏に適応するだけではなく、この世界の事象そのものに適応する存在だったのか！」

「……」

僕は興奮しているアウリールに、向き合う。

「過去、特異点である勇者も素晴らしい力を持っていた。しかし、現代の特異点である君は、それ以上だ！　これほどの力を目にすることができるとは、私はなんて恵まれているんだ！　はは！」

「感想はそれだけか？」

「いやはや。分かっているとも。ここから先は互角――いや、君の力がどのようなものになっているのか、私に見せてくれ！」

迫る。

先ほどまでは、知覚できなかったスピードだが、今の僕にはしっかりと追えていた。

剣を振るう。

たった一振り。

その一撃だけで、アウリールの右腕は根本から吹き飛んでいった。

流石にまずいと思ったのか、彼は僕と距離を取った。

「は……はは！　これほどとは！　素晴らしい！　素晴らしいぞ！　ユリア・カーティス！」

「諦めないのか？」

力の差は歴然だった。

僕はアウリールの全てが理解できている。

彼は黄昏に適応する力を備えていた。

しかし、僕とは異なり、全てに適応できるわけではない。

僕は人間であり、アウリールは魔族である。

その違いが、この差を生み出したのかもしれない。

斬り飛ばされた右腕は、すぐに再生を始めていた。

人間とは一線を画する再生能力。

基本的な肉体性能はやはり、魔族の方が優れている。

「この百五十年……退屈な日々だった」

虚ろな目をしている。

一見すれば、戦意を失っているかのように思えるが、それは違う。

アウリールは更なる敵意を僕に向けてくる。

「世界は変わることはなかった。私のこの生きる時間は、無意味になるかと思っていた。しかし、ここに来て——最高の状況がやってきた！　そうだ！　自分の想像を超える、こんな瞬間を待っていたのだ！　そうこなくては、面白くはない！　さぁ、もっと楽しもう！　さぁ、私を殺して見せろ！　まだ私は生きているぞ——‼」

僕のことを煽ってくる。

まるで早く殺してくれと言わんばかりに。

その感情は全く理解できない。

けれど、なんとなく察してしまう。

アウリールにとって、これまでの長い時間は生きているとは言えなかったのだろう。

こうした戦いの中でこそ、生を実感する。

分からないことではない。

僕だって、いつも戦ってきたから。

それでも、もう決着をつける時だ。

「──ッ!!」

加速する。

僕は一気にアウリールとの距離を詰めていくと、再び右腕を弾き飛ばしたと思ったが、

それは切り裂くだけに止まってしまう。

彼はニヤリと笑みを浮かべる。

自分は対応できている。

もっと、もっとその力を見せてくれ。

表情は雄弁に語っていた。

僕はそこから、さらに加速していった。

もうアウリールが知覚できないほどに。

徐々にボロボロになっていく。

血溜まりはさらに広がっていき、人間ならとうに失血死しているであろう。

けれど、魔族の肉体はまだ生命を止めない。

肉体性能の優秀さを、僕は改めて知ることになった。

しかし──。

「ぐ……はっ……」

吐血する。

ぼたぼたと垂れる血は、満身創痍の証。

地面に這いつくばっているアウリールは、まだ笑っていた。

「もう、決着だ」

僕はスッと金色の剣を突きつける。

「……そうか。ここが終着点か。だが、私はまだ生きている。ならば——全力の一撃をもって、君に相対することにしよう」

一体、どんな気概を持っているのか。

アウリールはまだ立ち上がった。

その目には確かな覚悟が宿っている。

人間を蹂躙することに躊躇などない。

自分本位の生き物であることは、間違いない。

そんな中にも、誇りのようなものが感じ取れた。

僕ら人間とは違う、圧倒的な個の意識である。

ここまで凄まじい気迫は今までに見たことはない。

僕もまた、その熱気に当てられたのか、真正面から全力の一撃をもって立ち向かうことにした。

互(たが)いに収束していく粒子。

それがピタッと止(や)んだ時――必殺の一撃は、放たれた。

「――黄昏殲滅(トワイライトエリミネーション)!!」

「――聖光斬滅(グローリア)!!」

ぶつかる赤と白の煌(きら)めき。

初めは拮抗(きっこう)しているかに思えた光だが、僕の放った純白の光は全てを呑(の)み込んでいく。

「う、ウオオオオオオオオ!!」

アウリールの声が聞こえてくるが、彼はその真っ白な閃光(せんこう)に完全に呑み込まれていった。

そして――

地面に伏(ふ)しているアウリールだけが残った。

まだ肉体を保ってはいるが、動くだけの気力はない。

完全に——この戦いは決着した。

僕はゆっくりと歩いて、彼のもとへ向かう。

まだ僕は青空を取り戻してはいない。

完璧なるトドメを刺す必要がある。

「ヒュ——ヒュ——」

喉の鳴る音だけが、虚しく響く。

まだ生きているなんて、信じられない。

もはやこれは、魔族の肉体性能だけでは済ませられない。

圧倒的な精神力。

それによって、アウリールはまだ生き永らえていた。

「は、はは……もはや、人間がこれほどの力を手に入れるとは」

「……」

「ユリア・カーティス。おめでとう。人類は、青空を取り戻すことができる。黄昏は私の発動した魔法だ。私が絶命すれば、自動的にその魔法は解除されるだろう」

「そうか。何か、言い残すことは？」

あれだけ憎い相手だったが、僕はそう言った。

純粋な悪。

どこまでいっても、魔族とは相容れることはできない。

それは分かっているけれど、僕は気になっていた。

ここまで世界を蹂躙し、退屈を紛らわすために戦っていた、アウリールの最期の瞬間というものが。

「言い残すこと……そ、う……だな」

アウリールはゆっくりと口を開く。

「私は……満足している」

「満足？」

「あぁ……もう私は、退屈になることはない。この百五十年、そのほとんどの時間は退屈なものだった。しかし、ここ数年から今この瞬間にかけては……とても素晴らしい瞬間だった……思い残すことはない。人類に謝罪することもない。私はただ、私のまま生きてきた。それだけだ」

「そうか……」

僕は再び、黄金の剣を顕現させる。

「さらばだ、ユリア・カーティス。平和な世界で、青空のもとで、生きるといい」
「あぁ。さようなら、アウリール」

心臓に剣を突き刺した。
黄昏とは相反する聖なる力が、彼の体を黄金の粒子へと変換させていく。
パラパラと舞っていく粒子。
この幻想的な光景は、きっと一生忘れることはないだろう。
刹那。
黄昏が一気に引いていくのを感じる。
よく見ると、黄昏の媒介になっていた魔王の遺骸もすでに消え去っていた。
終わった。
僕はまだ、実感が湧いていなかった。
ともかく、シェリーを連れて、戻らないと。
「シェリー」
話しかけると、シェリーはパッと目を開いた。

意識はしっかりとしているし、傷も問題なさそうだった。

「終わったよ」

「終わった？」

「あぁ。世界は、青空を取り戻したよ」

「そっか。やっぱりユリアは、凄いね！」

「うわっ！」

シェリーは痛くなるほどに、僕のことを抱きしめてきた。

僕もまたシェリーのことを抱きしめる。

そうだ。

終わったんだ。

たくさんの犠牲と悲しみを経て、たどり着いた。

僕らは――黄昏の世界を終わらせることができた。

決して一人ではたどり着くことはできなかった。

みんなの力があったからこそ、終わったんだ。

「シェリー。肩を貸すよ。帰ろう、僕たちの場所に」

「ユ、リア……？」

「うん」

僕はシェリーに肩を貸して、来た道を戻っていく。

その際に、視界にはベルさんとエイラ先輩が映った。

「ユリア！」

「ユリアくん！」

ベルさんはボロボロだったけど、どうやらあっちも決着がついたらしい。

「ベルさん。先輩。終わりましたよ」

「そう……」

「ユリアくん。本当に、ありがとう」

「いえ。当然のことをしたまでです」

僕らは四人で、この洞窟から出ていく。

もう、出る前から分かっていた。

空を見上げる。

そこには——真っ青な空が広がっていた。

「これが」

「ええ」

「うん」

「青空、ですね」

やっと実感が湧いてきた。

もう、あの黄昏色の世界は存在しない。

僕らは百五十年ぶりに、青空を手にした。

僕らはもう——自由なんだ。

この世界が元に戻ったところを見届けて、緊張の糸が切れた。

とても、とても眠い。

僕はそこで、ゆっくりと瞼を閉じた。

みんなの心配する声が聞こえてくるけど、大丈夫。

だってもう、僕らを脅かす黄昏はないのだから。

だから少しだけ眠るよ。

夢の中でも、青空を見れたらいいな。

そんなことを思いながら、僕は静かに眠りに落ちていくのだった。

エピローグ　青空の果てに

僕は夢の世界の中にいた。
この世界は青空で満たされていた。
もう、黄昏は存在しない。
その中で、僕はポツンと一人、立っていた。
今までずっと、黄昏を打破することを目的としてきた。
青空の世界を取り戻すことが、僕の全てだった。
じゃあ、その世界が戻ってきた時——僕はどうするのだろうか。
これから先、どんな人生を送っていけば、いいのだろうか。
意識がしっかりと覚醒してくる。
そして僕は——目を開いた。
「ここは……」
天井(てんじょう)が目に入る。

そこは、幾度となく目にした場所だった。

結界都市の病室。

僕はそこで目を覚ました。

「ユリア？」

視線を声のする方に向けると、そこでは瞳を潤ませたシェリーが座っていた。

「シェリー。どれだけ時間が経ったの？」

「一ヶ月よ。ユリアが眠ってから、ちょうど一ヶ月になるわ」

「一ヶ月……そんなにも」

シェリーがそっと、僕の手を握ってくる。

「ユリア。目が覚めて、本当に良かった……」

涙が溢れる。

そっか。

本当に心配をかけていたらしい。

「シェリー。世界は、どうなったの？」

僕の記憶が確かならば、青空は戻ってきたはずだ。

けれど、まだ自分の目でしっかりと見るまでは、信じられない。

「見たら分かるよ」

シェリーはカーテンを開いた。

そこには――これでもかと綺麗な青い世界が広がっていた。

「ユリアは英雄よ。人類史の中に名前を刻む英雄。みんな、心の底からあなたに感謝しているわ」

「そっか……僕は――」

静かに涙を流す。

今までずっと過酷な世界で戦ってきた。

泣いている暇があるのならば、仲間の死を悼む暇があるのならば、進むしかなかった。

それが、今までに死んでいった仲間へできる最大限のことだから。

でも、もう進む必要はない。

僕の旅路は終わった。

なら、仲間の死を悼んでもいいだろう。

それに、僕は嬉しかった。

みんなの力を合わせて、その意志を繋ぐことで、辿り着くことができたこの結果が。

その後、僕は世界情勢について話を聞いた。

結界都市は残ってはいるが、既に人類は広大な土地を手に入れて、さまざまな会議がなされているという。

きっと、今の人類なら大丈夫だろう。

僕はそう信じている。

そして、僕が退院すると同時に、表彰式が行われた。

黄昏を打ち破った英雄。

僕の名前は、人類史に刻まれた。

みんなが手放しで僕のことを称賛してくれるが、僕はその式で言った。

決してこれは一人だけでなし得た偉業ではないと。

たくさんの仲間がいたからこそ、成した偉業であると。

拍手喝采を浴びる。

もう英雄は必要ない。

僕のこれから先の未来は、どうなっていくのだろうか。

この先に待っている道は、まだ不明瞭だった。

僕は一人で展望台にやって来ていた。

風がとても気持ちよかった。

一応、結界都市は残っているが、もう結界は機能していない。

黄昏が存在しないんだ。

結界を維持する必要はない。

「ユリア」

背後から声がした。

それはシェリーだった。

そう。僕はシェリーに呼ばれて、ここに来ていたのだ。

「シェリー。終わったね」

「ええ」

二人で世界を見つめる。

黄昏ではなく、青に染まった世界を。

「ねぇ、ユリアはこれからどうするの？」

「……さぁ、どうだろう。自分の人生は黄昏を終わらせるために存在してきた。最後の戦いでも、もうここで終わっていいと思った。でも、僕は生き残った。自分の行き先は分からない」

あのアウリールとの最終決戦。

僕は死んでもいいという覚悟を持っていた。

そもそも、自分が生き残って青空のある世界を迎えるなんて、思ってなかった。

自分もいつかどこかで、倒れるかもしれない。

そんな状態で戦って来たから。

「あ、えっとその……」

「そういえば、話って？　帰ってきたら話したいことがあるって――」

シェリーは顔を真っ赤にして、僕にある想いを伝えてきた。

「私と一緒に！　私の隣にいて欲しい！　ずっと、これからも。私は、ユリアのことが好きだから」

「……え？」

僕は呆然とするしかなかった。

え。

シェリーが僕のことを好き？

本当に？

一体、いつから？

「ほ、本当に？」

「うん」

「一体、いつから？」

「ずっと前から。自覚したのは、最近だけど……」

恥ずかしそうにシェリーはそう言った。

ずっと戦うことしか頭になかった。

でも、そうか。

こんな未来について考えてもいい。

そんな世界がやって来たんだ。

さて、どうやって返事をしようか。

そう考えていると、三人の姿が視界に入った。

「待ってください！ ユリアさんは私と一緒にお菓子屋さんをするんです！ ずっと一緒に！ それに、私の方がユリアさんのことが好きですから！」

「ま、まぁ……ユリアがどうしてもって言うなら、私はいいけど？」

「あはは。面白くなってきたね～」

やって来たのは、リアーヌ王女、エイラ先輩、ソフィアの三人だった。

「ちょ、ちょっと！　便乗するのはやめてくださいよ！」

「それはこちらのセリフです！　私の方が、先に言うつもりだったのに！」

何やら言い争いを始めてしまう。

リアーヌ王女も、先輩も？

僕はこの状況に目が回っていた。

一体、どうしたらいいんだろう。

「ユリアは私のものよ！　これは先輩命令だから！」

「先輩なんて関係ないですよ！」

「そうよ！　エイラ、素直に引きなさい！」

三人で言い争いをして、ソフィアはそんな様子を見て笑っていた。

僕も微かに笑みを零した。

そうだ。

僕らはずっと、これから先も、一緒にいることができる。

この先、どんな未来が待っているのだろう。

戦うことしかできない。

ずっと、そう思っていた。
でも今は、前向きに自分の人生に向き合うことができる気がする。
僕の旅路は終わった。
しかし、終わってなんかいなかった。
僕の旅は、まだまだ続いていく。
今度はその世界が、平和な青空の世界になっただけだ。
ふと、空を見上げた。
とても綺麗な青空と、これでもかと輝く太陽がそこにはあった。
さぁ、進んでいこう。
もう黄昏に恐れを抱く必要はない。
この先に待っているのは、一体何なのだろうか。
そんな未来に想いを馳せる。
うん。
僕らの先に待っているのは、きっと明るい未来だ。
それだけは間違いなかった。
僕は進む——この、素晴らしい世界の中を。

追放された落ちこぼれ、辺境で生き抜(ぬ)いてSランク対魔師に成り上がる　完

Sランク対魔師6　あとがき

初めましての方は、初めまして。

続けてお買い上げくださった方は、お久しぶりです。

作者の御子柴奈々(みこしばなな)です。

この度は星の数ほどある作品の中から、本作を購入していただきありがとうございます。

さて、六巻はいかがでしたでしょうか？

本編を読んでいただいた方は分かると思いますが、この巻で最終巻となります。

二年間続いた物語も、これで終わりです。

ユリアたちは無事に青空のある世界を取り戻して、明るいに未来に進んでいきます。

ただ、後日談というか……電子版には、その後の世界が少しだけ特典として載っているので、気になる方はぜひ電子版もよろしくお願いいたします。

六巻の内容を振り返ってみると、やはり黄昏の原因が明かされたことが大きいでしょうか。

気がついている方もいるとかもしれませんが、本作の『黄昏』というテーマは某ゲームから大きな影響を受けています。

当時、あまりにも衝撃的な世界観に大きな影響を受け、本作を生み出すきっかけになりました。

その世界観をベースにしつつ、黄昏という脅威に立ち向かう人々の戦いを描きたい。

それがこの物語の原点でした。

ユリアの成長、各ヒロインたちの想いの変化、大人たちの葛藤、敵側の思惑——などなど、満足に書くことができたのも、読者の皆さまのおかげです。

ここまでお読みいただき、本当にありがとうございました！

ただ、基本的に私は世界観を初めに考えて執筆するのですが、自分の想定していた着地点とは割と違っていたり……（笑）。

ただし、最後の青空にたどり着くという点は初めから決めていたので、そこはブレずにたどり着けました。

などなど、制作の裏側というか、私の思い出話でした。

謝辞になります。

岩本ゼロゴ先生。

毎巻、本当に素晴らしいイラストをありがとうございました！　最高にかっこいい男性陣、とても可愛い女性陣。どの登場人物も本当に魅力的でした。重ねて感謝申し上げます。

担当編集さんにも、大変お世話になりました。

デビューしたばかりで、作家として右も左も分からない私でしたが、編集さんのおかげでこの二年間で大きく成長することができました。本当にありがとうございました。

その他、さまざまな人たちの協力のおかげで完結まで辿り着くことができました。

読者の皆さまも最後までお付き合いいただき、ありがとうございました！

また、原作小説の方は完結ですが、コミカライズの方はまだまだ続いていきます！

小説第6巻の発売日と同日にコミックス二巻も発売しますので、そちらもよろしくお願いします。

それでは、またどこかでお会いいたしましょう。

二〇二二　十月　御子柴奈々

HJ文庫 https://firecross.jp/
1044

追放された落ちこぼれ、辺境で生き抜いてSランク対魔師に成り上がる6

2022年11月1日　初版発行

著者——御子柴奈々

発行者—松下大介
発行所—株式会社ホビージャパン

〒151-0053
東京都渋谷区代々木2-15-8
電話　03(5304)7604（編集）
　　　03(5304)9112（営業）

印刷所——大日本印刷株式会社

装丁——BELL'S／株式会社エストール

Printed in Japan

ISBN978-4-7986-2989-6　C0193